U0917447

小学教室的墙上端端正正地贴着一面国旗和“好好学习，天天向上”字样，经年不忘。文集历经近十年的酝酿，其间也是学习和向上的过程。

韩祺｜戏剧作品《预言》2007年、《长在宋庄的毛》2009年

好好向上
天天學習

流沙河題簽

前言

前言经由绍文书法之提携，温润了整本书的人情味。

此集諸篇小述掌故微抒感懷語言自律態度親和
絕世樓盤看過來借用樓書體映襯對家國的樸素深情
做考古狀的王世襄啃老族身份考證是向人文歷史傳承
領域貢獻卓越的前輩致敬
拓東醬菜廠經銷點美術館看展黃河水吃面再逛逛三聯
書店擁有健壯熱情的張定中老師顧念日常生活中的
細微溫情及對非重大人物事件的真情關切亦可喜

序

序，是芳第一时间现读现写，是一幅绝对在现场完成的纯“写生”作品，而且没有后期整理。目前呈现给读者的只是其中一段。我既羡慕她如此年轻就为人作序，又佩服她的“写生”能力！“写生”过程中，芳被数次打断，所以有了关于序的后记和再后记。

·生活喧闹纷繁，我愿意随着她的视线去知觉冷暖，擦拭心灵和头脑。她的文字里有体温，我们一起听，一起看，一起在赞叹和惋惜中试着改变些什么。

再后记 · 姜淇一定要说她这是普通人夏生活的书写，
我只认这是书中文章表面的一层，还有一层
或几层的意境我隐约觉得。我想这也是
文学的魅力所在吧。

张宏芳
2013.6.6

画作—忻东旺—清华大学教授

目录

篇目是按地域划分为东南西北四部分。求稳定妥贴。山东，是太行山之东的地域概念。蓟丘遗迹在北京南城，文集中北京的故事几乎都在蓟丘以北。津之西是指天津市河西区，即海河之西，是那几篇故事的真实事发地。云之南吗，似乎顺理成章，懒人懒办法，就顺着来了。四个章节的目录，设计师是按照上北下南、左西右东的逻辑排版。

后记

- 在我的以他人为中心的生活里，行文写字实在是件难事。今日美祺来家，李晓欣然绘像。甚欢。
- 庭院之月葱茏繁盛，又兼了细雨，怎一个惬意能表，于是茶心、乐心、花心、草心、友情心，涌得我有些心跳。
- 思维和行动既然不能平衡，一回回重新开始。

山之東 131 - 231

津之西

075－096

蓟之北

蓟之北

001 - 074

001

地安门，府右街，皇城根，那种墙红很沉着，多大的太阳照着也不晃眼。

画作｜韩增智｜绘画爱好者

北京，古称为蓟。

蓟，尧帝后代分封之地，城内有蓟丘。蓟城中心在今广安门一带。

明清时期北京称顺天府，顺天府署地在鼓楼东大街路北。

绝世楼盘看过来

一夜之间，破厂房，老矿场，肥农田，旧河床，全都盖成了楼盘，只有你想不到没有人家盖不到。无数楼盘的楼书写得气吞山河，琼楼玉宇，看进去呢，好像买了这处楼盘，就是买了幸福人生似的，总让你心突突跳着胡乱憧憬，再看出来呢，好像又没那么必然。但楼书的文笔实在是太好了，如果像售楼书那样书写蔚秀园的话，蔚秀园实在是人文历史深厚的绝世“楼盘”。

开篇当然要气势恢弘，这直接影响“楼盘”价位。先显摆她的历史：系出名门，初为圆明园随园，称含芳园。道光十六年，赐定郡王载铨。咸丰八年，转赐光绪生父奕譞。百年皇家园林，传承至今，尊贵稀缺，绝世独有，不可复得。再炫耀她的地理位置：与北京大学牵手，与清华大学相望 与圆明园比肩，与颐和园为邻，被畅春园、承泽园、淑春园、鸣鹤园、勺园等历史名园环绕。园区内百年古树参天繁茂，原版古建筑群掩映其中，树种丰富，植被茂盛，于老者是静养佳处，于幼童是健康成长之乐园。

百年前的私家园林，如今是北京大学教职工宿舍。当年风致的荷塘，被勤恳而爱生活的现住居民种上了大葱、玉米、南瓜、扁豆。

蔚秀园内有很多颇费心思的假山被劈开做了园区内的小路，但这平常的小路因了曾经的园林背景，一年四季随时都会给你家常生活的小小欣喜。尤其是秋天，路旁相邻几棵红枣树、酸枣

画作｜张文娟｜执教于中央美术学院

树、黑枣树，树下还有枸杞，相互陪伴，枣熟了就散淡地洒落在地……这所大园子的中心地带有棵古银杏树，大家在树下晒太阳，下棋，聊天。离银杏树不远有一栋很别致的建筑，像国子监里的辟雍，也是方方正正的，这栋建筑的住户很随意地围了竹篱笆，种了柿树、葫芦，随意中透着疏朗大气。

蔚秀园什么都不缺，用楼书的说法叫配套齐全，生活惬意，包您满意。正门口有一间保卫室，感觉像白底黑字的圆形钟表，年年岁岁的正点准时，永远有安全感。紧贴保卫室后墙是修自行车配钥匙的棚子。和保卫室相对有一间小卖部，瓜子、香肠、泡泡糖，小卖部该有的它都有，逢年过节卖水果礼盒和鲜花，直接

画作｜张文娟｜执教于中央美术学院

摆在小卖部门口的空地上，平时用一口改装过的高压锅爆苞米花，一下一下摇着，感觉那香气也是和高压锅大小相同一个个的透明圈圈，很多小孩的眼睛也一下一下跟着转。与小卖部紧贴着是一家生意很好的小饭馆。小饭馆后墙边是露天小吃摊：早上油条、油饼、表面均匀沾满白芝麻的油团子、油酥火烧夹火腿煎蛋、小笼包，都很热情的样子。中午是凉皮、凉面、啤酒，过了饭点儿是麻辣烫，下午常常围一堆刚刚放学的学生，那股喧闹劲儿和麻辣烫很搭调。

蔚秀园还有奢华的门球场，门球场墙外正对一棵干直叶茂的椿树，树下是一处干净利落的废品回收点，这是很多人买油盐酱醋、瓜果蔬菜的必经之路，顺手拎着纸壳、空瓶在树下换成钱。休闲娱乐：有放露天电影兼打乒乓球的活动场地。医疗卫生：有为老年人免费量血压的卫生室，有三四位卫生清洁员，负责卫生清理的工作人员连垃圾箱都是定时清洗的。还有一位园区卫生志愿者——冯兵，重点清理无穷无尽的以求租房为主的小广告。园区安保：北京市海淀区燕园街道办事处治安巡逻队，有四位社区护卫员，太阳好时，他们驻地窗上会挂鸟笼，晒布鞋，平时骑自行车或散步在园区巡视，上下班高峰维持交通秩序，尤其像园区内幼儿园门口这种易堵、不安全隐患多的位置天天都能看到他们。环境绿化：初春，修剪灌木枝干；盛夏，洒药灭虫；深秋，清理落叶枯枝；入冬，居委会全体成员义务扫雪，年年如是。如果要找居委会成员，大雪过后扫雪的即是。我发现居委会还有特可爱的一点，如果他们发现有非居委会人员在扫雪，一定会拍照贴橱窗里郑重表扬！

园区内，无论是歌咏比赛的露天排练，清理无穷无尽的小广告，还是安全巡视，或者坐在椿树下翻看着收来的各学科杂志论文，永远是四平八稳的安然状态，像多年前散文的节奏，看到他们就有一种安实，明白路要一步一步地走，饭要一口一口地吃，日子要一分一秒地过。收费存车处，管理室突然发现换成了刚生了小孩的一家人，此前那位老者可能不在了吧？蔚秀园西墙一溜从北往南分别是：收费存车处，几位卫生清洁员的住家，巡逻队驻地，这些平房都贴墙而建，屋顶盘满了健壮的爬藤植物，深秋，红的比香山红叶还疯，真可谓，当“红叶疯了”的时候，是深秋……

传说中的绝世楼盘就是这样……

自驾轮椅 从承泽园 到畅春园 早餐

承泽园始建于雍正三年（1725年），它的历史演变脉络是相对清晰的：皇家园林，私人宅邸，单位宿舍区。

原为康熙第十七子果亲王胤礼赐园，现为北京大学教职工宿舍园区和北京大学科学与社会研究中心办公地。因曾被著名爱国人士，诗词家，收藏家张伯驹居住，有些老人称其为“张伯驹家”。

承泽园是在1953年张伯驹转让给由沙滩迁来的北京大学的，但之前，就承担过燕京大学教职工宿舍的功用。1951年，年轻教授吴小如初至燕京大学中文系任教，暂无居所，伯驹先生腾出两间房屋供吴小如一家居住。

张伯驹居住时期的承泽园，结庚寅诗社，多有雅集。

畅春园始建于 1684 年，康熙在此居住处理朝政前前后后达三十六年，顺嘴就可说成“康熙家”。尽管原建荡然无存，但也许可以比照颐和园畅想。我只能说说它大，大约 1200 亩。颐和园十七孔桥和铜牛所在的颐和园东堤就是当年畅春园的西堤。目前，在畅春园旧址上主要有北大教职工宿舍区，学生宿舍区及食堂，畅春园公园，海淀公园，海淀体育馆，硅谷电脑城等等。

在食堂这种大面积开放式进餐场景中，我通常会被两种人吸引，一种是有礼仪，特有派头，吃饭又香的人；另一种就是用力发出很大声音进餐的人。李教授属于前者，他每次出现在畅春园食堂是非常显眼的！首先：是自驾轮椅。其次：坐在轮椅里也能感觉到器宇轩昂。再次，进餐时很有仪式感，表情庄重肃穆，对食物满怀深情，能明显感觉到吃得香甜。

李怀玉，北京大学体育教研部，副研究员。

一九二六年生于青岛市市南区，济南路，其父经营的日用百货店铺内，一九二七年因日本抢掠随父母回潍坊避难，十三岁学徒，十八岁父母因饥饿离世，解放前曾带弟弟乞讨，解放后受党的培养在济南读了四年“前近班”，后保送北大，留校任教。李教授说他最感谢共产党，最疼惜粮食。

李教授某天早餐：一个二两的馒头，一小碟咸菜，一个煮鸡蛋，一个千层油酥烧饼，一碗豆腐脑。

每天自驾轮椅来用餐，我觉得是很浩大的工程。

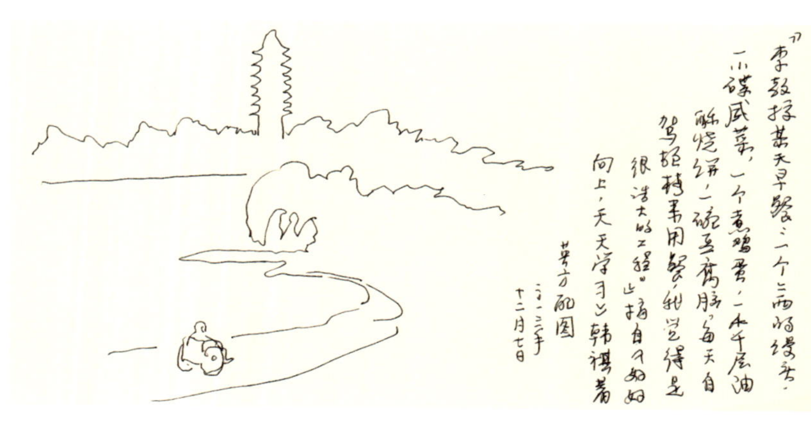

画作—吴志攀—北京大学教授 常务副校长

娄兜桥胡同铺砖记

北大正西门南侧数十米，即在目前尚存的恩佑寺、恩慕寺山门一带，明代有娄兜桥，因周围水丰景美，文献屡有记载，颇有名气。北大正西门当年门牌号是娄兜桥一号。

当我得知蔚秀园南墙外，每日数次途经的平时破烂坑洼，雨天需垫砖石的一截小土路，其大名竟然是“娄兜桥胡同”时，感觉就像在毫不知情的状态下，同一位永载史册的名人之直系亲属风平浪静共事多年一般！娄兜桥当年不仅是风景如画的代名词，更可说到米万钟的勺园，连到康熙的畅春园，带到京城园林史……

眼下要修的娄兜桥胡同只有七十米，东西向，这许多年，经常一天数次走来走去，都没想过它的名字，更没想到竟然是条胡同！也许它委实不像一条胡同了，至少现在它是小夹道的样子。目前，其东界是北大畅春新园的后墙，西界是一个生意很好的水果摊，南界是菜摊、鸡蛋摊的后身，北界是蔚秀园南墙。

此次修葺，从二〇〇九年五月底至二〇〇九年六月，政府投资二十万，几十名工人，工费：大工一天八十元，小工一天六十元。红底白字横幅两张，蓝底黑字工程说明书四块，均在明显处张挂。

一年后为之记。

地铁要修到故宫里来吗

二〇一一年十月二十二日，故宫，武英殿。

殿前，在故宫文保科技部从事漆器修复的闵峻嵘说起奥运时要安装和地铁里一样的残疾人直升直降的轮椅通道云云。古蓓茹没听清，风只把“安装”和“地铁”四个字吹到她耳朵里，她一双迷茫的大眼睛看过来问：“地铁要修到故宫里来吗？”

画作—李延洲—中央美术学院教授

康熙畅春园旁赶集

老的单位宿舍总会有很多传统的温暖贴到你的心上。以北京大学燕园社区的某次便民活动为例。

便民活动通知抄录

为了营造健康和谐的社区环境，方便居民的生活需求，燕园社区服务中心日、十一月二十七日，分别在燕北园、畅春园开展以“联手共建促和谐，点滴服务内容和项目：

校医院 义诊	居家养老服务 介绍保姆小时工	燕山服务公司 清洗维修，以旧换新，燃气热水器
社区服务队 高中档家庭装修	海淀修锁门市部 修锁配钥匙	体大 中老年健身鞋
天津水产 各种海鲜鱼虾类水产	被单被罩 各式服装	农科院 干果，蜂产品

本职，以居民服务为核心，以完善服务为宗旨，定于二〇一一年十一月二十六

见真情”为主题的冬季便民服务活动。

社区服务队 清洗维修油烟机，修理家用电器	中南电器公司 油烟机以旧换新，维修灶具	鹤益慈老年 生活用品
服装百货	社区服务队 维修纱窗，更换玻璃	青松老年 看护服务
鞋帽		

北大燕园社区服务中心 2011 年 11 月 22 日

故宫的柿子在霜降之后

北京多柿树，累累果实时节，会得到各种方式的关怀。

我见过摇柿树的，踹柿树的，用竹竿在不瞄准的情况下乱敲柿树的，拿石块对柿子投掷的，通常柿子都未被摘下，柿树下却有很多无辜的树枝树叶。

霜降过后，故宫内，亲见五位制服笔挺的武警战士，执行一场干净利落的战役。

画作｜戴士和｜中央美术学院教授

武警就是武警，哪怕是摘柿子，都有严密的组织性纪律性，一人全局指挥，一人用一根改装过的长竹竿对柿子精确主战，一人侦察周边情况，两人在柿树下抻着整洁干净的军绿色床单等待接柿子，那样整洁的床单，被抻得那样平整，上面洒满秋日阳光。

被武警摘下的柿子，个个完好，真是柿柿平安，事事平安。

北京 钟鼓楼周边 征收房屋 通告 抄录

“天明击鼓催人起，入夜鸣钟催人息”悠久的晨鼓暮钟制度可追溯到汉代。钟楼鼓楼作为司时的公共性楼阁建筑一直是古代城池的重要体制。北京的钟鼓楼始建于元至元九年（1272 年）。

北京市东城区人民政府文件

北京市东城区人民政府

关于钟鼓楼广场恢复整治项目范围内房屋征收的通告

为推进钟鼓楼文化保护、环境整治项目，根据《国有土地上房屋征收与补偿条例》（中华人民共和国国务院令第590号）第八条，第十三条，第十四条之规定，北京市东城区人民政府决定对东至钟楼湾胡同以东平房，西至钟楼湾胡同以西平房，南至鼓楼西大街，北至豆腐池胡同范围内的房屋及其附属物实施征收，国有土地使用权同时收回。

北京市东城区人民政府房屋征收办公室负责组织实施本项目的房屋征收与

补偿工作；北京市东城区房屋土地经营管理一中心受北京市东城区人民政府房屋征收办公室委托作为实施单位承担本项目房屋征收与补偿的具体工作；依法选定北京普阳房地产土地评估事务所为本项目房屋征收评估机构，负责本项目的房屋评估工作。

征收范围具体门牌如下：

钟楼湾胡同单号：1号（部分）甲1号，11号（部分），13号（部分），15号（部分），17号（部分），19号，21号，21号迤南，23号（部分），25号，27号（部分），29号（部分），33号（部分），35号（部分），37号（部分），39号（部分），41号（部分），43号（部分），55号（部分），61号（部分），63号（部分），63号迤南，65号（部分），67号（部分），69号；

钟楼湾胡同双号：2 号（部分），6 号（部分），8 号（部分），10 号（部分），10 号迤西，12 号（部分），14 号（部分），16 号（部分），18 号（部分），18 号迤西，20 号（部分），22 号（部分），甲 32 号，32 号迤西，38 号迤西，40 号迤西，42 号（部分），50 号（部分），52 号（部分），52 号迤北，54 号，56 号，58 号（部分），60 号（部分），62 号（部分），64 号（部分），66 号（部分），68 号（部分），68 号南，70 号，72 号，74 号，76 号（部分），76 号迤南，甲 90 号，甲 90 号迤东；

汤公胡同：1 号（部分），2 号（部分）；

豆腐池胡同：56 号迤西，58 号（部分）；

钟库胡同：1 号（部分），2 号（部分）；

草场北巷胡同：1 号（部分）。

上述征收范围内各单位和居民应当配合房屋征收工作，自 2012 年 12 月 12 日起至 2013 年 2 月 24 日完成搬迁，其中 2012 年 12 月 12 日至 2013 年 2 月 2 日为签约奖励期限。

自 2012 年 12 月 12 日起至 2012 年 12 月 31 日为公房房改售房期限，公房产权单位应当配合承租人做好售房工作。

被征收人对本通告有异议的，可以自本通告公布日起 60 日内依法申请行政复议，也可以自本通告公布之日起三个月内依法提起行政诉讼。

现场办公地址：钟楼湾胡同 11 号，钟楼湾胡同甲 32 号。

现场联系电话：64051130 64051150

附件：

《钟鼓楼广场恢复整治项目房屋征收补偿方案》

钟鼓楼广场恢复整治项目房屋征收补偿基准价格公示

根据《国有土地上房屋征收评估办法》（建房〔2011〕77号），《关于批转北京房地产估价师和土地估价师协会〈北京市城市住宅房屋拆迁市场评估技术方案〉的通知》（京建拆〔2009〕450号）的有关规定，采取市场比较法进行评估，本着独立、客观、公正、科学等原则，最终确定钟鼓楼广场恢复整治项目住宅房屋征收补偿基准价格为：

基准价格：44361元/平方米

034 大写：人民币肆万肆仟叁佰陆拾壹元整

（基准价格不含被征收房屋的重置成新价和设备，装修及附属物的价格）

特此公示。

北京普阳房地产土地评估事务所

二〇一二年十二月十二日

项目临时安置费公示

根据《关于国有土地上房屋征收与补偿中有关事项的通知》（京建法〔2012〕19号）的有关规定，我单位对征收范围内的住宅房屋市场月租金进行了评估，经北京市东城区人民政府房屋征收办公室确定，被征收房屋临时安置费标准为：

临时安置费：163元/月 建筑平方米

大写金额：人民币壹佰陆拾叁元整

北京普阳房地产土地评估事务所

二〇一二年十二月十二日

钟鼓楼广场恢复整治项目用地边界线外毗邻区域房屋搬迁通告

为了更好地完成钟鼓楼广场恢复整治工作，与周边区域进行统一规划整合，改善居民居住条件，提升生活质量，北京东城区历史文化名城保护建设有限公司经东城区人民政府批准，自本通告发布之日起对钟鼓楼广场恢复整治项目征收范围毗邻区域房屋及其附属物实施搬迁，并与钟鼓楼广场恢复整治项目征收工作同步实施。

北京东城区历史文化名城保护建设有限公司是以东城区历史文化街区风貌保护为宗旨的国有企业。此次搬迁工作将遵循“政府主导，企业实施，平等自愿，等价有偿”的搬迁原则，以《钟鼓楼广场恢复整治项目征收补偿方案》为搬迁补偿依据，并选用北京普阳房地产土地评估事务所为搬迁房屋的价格评估机构。

搬迁范围具体门牌如下：

豆腐池胡同双号：42-56 号；草厂北巷双号：2 号，20 号及甲 20 号；草厂北巷单号：3-37 号；钟楼湾双号：84 号，86 号，88 号，90 号，钟楼湾双号：2 号（部分），4 号，6 号（部分），8 号（部分），10 号（部分），12 号（部分），14 号（部分），16 号（部分），18 号（部分），20 号（部分），22 号（部分），30 号，32 号，34 号，38 号，40 号，42 号（部分），44 号，46 号，48 号，50 号，52 号（部分），58 号（部分），60 号（部分），62 号（部分），64 号（部分），66 号（部分），68 号（部分），76 号（部分），78 号，80 号，82 号；草厂北巷单号：1 号（部分），钟库 9 号，钟库

038

7 号，钟库 6 号，钟库 4 号；铃铛胡同 10 号，铃铛胡同 8 号，铃铛胡同甲 4 号，铃铛胡同 2 号，铃铛胡同 7 号；汤公 4 号，汤公 8 号，汤公 10 号，汤公 12 号，汤公 5 号，汤公 7 号，汤公 11 号，汤公 19 号，汤公 21 号；豆腐池 68 号，豆腐池 62 号；钟楼湾 7 号，钟楼湾 9 号，钟楼湾 1 号（部分），钟楼湾 11 号（部分），钟楼湾 13 号（部分），钟楼湾 15 号，钟楼湾 17 号（部分），钟楼湾 19 号，钟楼湾 23 号（部分），钟楼湾 25 号（部分），钟楼湾 27 号（部分），钟楼湾 29 号（部分），钟楼湾 31 号，钟楼湾 33 号（部分），钟楼湾 35 号，钟楼湾 37 号（部分），钟楼湾 41 号（部分），钟楼湾胡同 43 号（部分），钟楼湾胡同 45 号，钟楼湾 55 号（部分），钟楼湾 61 号（部分），钟楼湾 63 号（部分），钟楼湾 65 号（部分），钟楼湾 67 号（部分），汤公 1 号（部分），汤公 2 号（部分），汤公 3 号，钟库 1 号（部分），钟库 2 号

（部分），钟库胡同 3 号，钟库胡同 5 号；豆腐池 58 号（部分）。

搬迁期限：自 2012 年 12 月 12 日起至 2013 年 2 月 24 日完成搬迁，其中 2012 年 12 月 12 日至 2013 年 2 月 2 日为签约奖励期限。

恳盼搬迁范围内居民在平等自愿的基础上重视，配合，支持此次搬迁工作，随着钟鼓楼广场恢复整治项目实施而改善自身居住条件，创造更加美好的幸福生活。

现场办公地址：钟楼湾胡同甲 32 号

现场联系电话：64068262

北京东城区历史文化名城保护建设有限公司

二〇一二年十二月十二日

房东张大爷

张大爷家地段很好，紧邻中央音乐学院，走到复兴门长安街上只穿过一条叫笔杆胡同的小道就行。中央音乐学院原是清醇王府旧址，光绪的出生地。附近的大宅院都很像样，张大爷住的这个四合院开始是一个公主的，这条街曾称驸马街，现在为新文化街。

张大爷住了这所大宅子所有老屋中的两间，瞅一眼至今颜色雅致、质量可靠的地砖就无话可说。张大爷在自己房门左右各搭了一个斜顶小棚子，右手边的做厨房，左手边的放蜂窝煤和大白菜。后来，在中央音乐学院附中陪读的家长越来越多，于是左手边的就出租了。我是托了中央音乐学院的朋友才好不容易租下来的。租给陪读家长算是对内出租，给我算是对外出租。

《白菜-1》50cm×60cm｜忻东旺｜清华大学教授｜筑中美术馆收藏

张大爷的妻子去世早，他不和子女掺和，自己过。每天买菜做饭从不图省事。他包的发面包子真好，我当时第一次来看房子，一个邻居大爷就重点介绍这件事来着。每次要包包子之前，张大爷都会找我谈话，确定我回来的时间，保证我吃上热的，每次给六个，每个直径六到七厘米，外加一碗绿豆粥。分别盛在两个土黄色的粗瓷碗里。张大爷的北京家常饭——扁豆焖面也很地道，每次给我冒尖儿的一碗。

张大爷抽一种很呛的烟，烟卷很短，土黄色，冒的烟也是土黄色，他的屋里和他自己都是这种气味。

院门口顶鼻撞脸的加盖了一间方形小屋，屋前一根竹架子上很节省地爬了一株藤类植物，屋里住着一对很老的夫妻，一次我问他们为什么胡同里那家袖珍邮局上午十一点还没开门，他们异口同声回答我：那家邮局自古就这样。

这个院子里有条很讲究的小长廊，当然早就残缺了，每次从廊下经过，我都会不由得想起颐和园的那条长廊，这条小长廊残存的木雕似乎更胜一筹。这条小长廊的尽头是这个院子的——公厕。这家公厕墙上地上泛着一层很滑的尿碱，也有一股特纯正的老公厕味，最令人难忘的是里面的老鼠，一是个头大，二是热情好客，只要有人来，它们就活活泼泼地在马槽形的坑底来来回回不停地张罗。

“中央台”三个字

结账开发票。

“请问开个人还是单位？”

“单位。”

“请问单位抬头怎么写？”

“就写‘中央台’三个字。”

发票来了，抬头赫然写着——“中央台三个字”。

2008年8月15日上午

姨姥姥

姨姥姥对我和姥姥对我好的程度难分高下。称呼姨姥姥无非是做个区分。

大学毕业前，我在中央人民广播电台实习，住姨姥姥家，平日生活真是一日三餐有鱼虾，姨姥姥则是缝补浆洗不离手。

我每天晚上下直播，从南礼士路坐一路、四路公共汽车到日坛路下车，一准儿姨姥爷推着小三轮车在车站接我，车上除了原装的淡绿色人造革的小隔板外还加了两层：一层是装五十公斤大米的那种大塑料口袋，为了隔潮；另一层是姨姥姥自己缝的棉垫儿。初春的夜晚，有时会有些凉意，姨姥姥还会给我带上一件开门元宝扣毛衣外套。

坐上小三轮儿，从日坛公园南门骑到北门就是姨姥姥家的胡同了，进了南屋永远都有一杯水温刚刚适口的花茶，近旁一个果盘里会安安静静地坐着一个苹果，躺着一把水果刀。

姨姥姥最常给我做的传统拿手菜有：肉焖扁豆、红烧黄花鱼、红烧腔骨、拌黄瓜、糖拌西红柿。皮薄馅大的肉饼和鸡蛋饼属于解馋类，不常做。姨姥姥特会挑西红柿，经她手的都是开沙的，还甜。

姨姥爷

小时侯有段时间我住姥姥家，最盼望姨姥爷来做客，姨姥爷每次来的时候都会给我带一袋糖瓜。

姨姥爷带来的糖瓜，有时是油条形的，有时是南瓜灯笼形的。季节总是在冬天吧，如果是油条形的，我就把它们放在暖气片上暖一会儿，软了，扯着吃。我还总希望它们能变成糖稀。如果是南瓜灯笼形的，姥姥会用蒸馒头的屉布包好，放在案板上用菜刀拍碎给我吃。

姨姥爷在姥姥家和在自己家一样，吃饭是喝酒的，喝酒总带着笑意，每次必让一让我，如碰巧我长了口疮，就用筷子头蘸滴酒点在口疮上。

北戴河海滨留念 1982

姨姥爷每次买茶只去“吴玉泰”，也经常给我讲一些那里的见闻。我就隐约知道了吴玉泰这种老字号的讲究。记得有一次姨姥爷回来讲，今天排队买茶的顾客里有一位涂了粉喷了香水的，营业员赶紧把她从队里请出来，先为她称好了茶叶。为什么呢？因为她身上的气味会对店里茶叶香气的纯正有影响。

姨姥爷穿的衣服真干净，洗的很用力气，洗掉了不少颜色，很像时尚水磨牛仔裤那样，白一块白一块的。姨姥爷是街道上有名的热心肠，有一次我在玻璃橱窗里看到他被评为街道积极分子的大照片，笑容自然极了，就是小时侯我看惯的那个样儿，但我有个特大的意外发现——原来姨姥爷的耳朵特大。

姨姥爷从来不闲着，不是打扫院子就是拾掇东西，他有很多工具，木工用的、钳工用的、瓦工用的、漆工用的，修三轮和自行车的，还有粗细铁丝、大小铁钉、木条木块，全着呢！

姨姥爷和串胡同换啤酒的，换酱油醋的，批发卫生纸的，批发冰棍儿的，推板儿车卖菜卖水果的都很说得来。有一次和邻居聊天，说起新华门里的照壁上有没有“为人民服务”几个字时，彼此争得面红耳赤，姨老爷回屋取了钥匙，骑上三轮车就奔了新华门。

人一走，茶就凉，是谁“发明”的？

请听题：

“请问，人一走，茶就凉，这句经典台词是谁发明的？”

答：

发明者为我国现代作家——汪曾祺。

2012年5月16日

画作 | 刘长宜 | 北京林业大学副教授

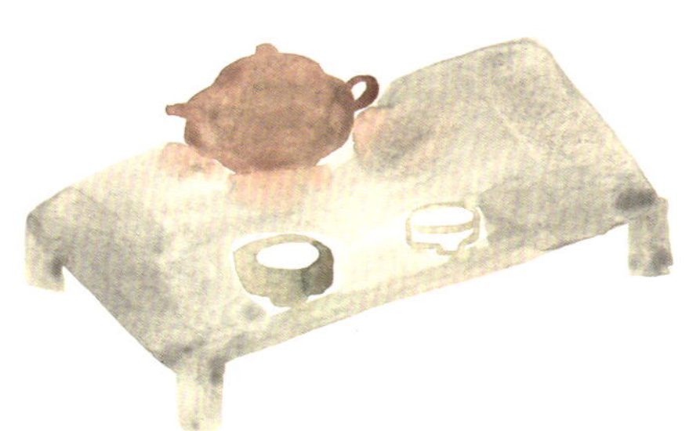

小军姨的初恋

小军姨的初恋我是满意的。头一回见他，是小军姨对姨姥姥讲要带我去她的同学家玩儿。小军姨拉着我的手穿了几条胡同，来到了姨姥姥家附近的一家叫“紫光”的电影院门口，根本没看清他，我们就进去了。“紫光电影院”几个字是水泥做的，面涂红漆。

又一次小军姨说带我去日坛公园玩儿，我们在公园附近两旁长银杏树的路上散步，小军姨在中间儿。

下小雨了，他像变魔术似的把身上的短袖衫脱下来盖在我的脑袋上，对小军姨说：“我只能再脱只鞋给你顶脑袋上了。”他俩都乐了。他穿一双黑条绒面塑料底的那种鞋。

画作|闫平|中国人民大学教授

据 龙江舅 传说的大酒缸

龙江舅说，他去大酒缸那会儿，酒是八分或一毛三一两，这和汪曾祺《安乐居》中所述完全一致。也有一块七一瓶的，几乎无人问津。

要了二两酒，再来碟两分钱的下酒菜：两个鸡爪子、一个鸡头，或是几颗毛豆，接下来就是把朝阳侃成夕阳式的侃大山！下酒菜是看的，按规矩，临走的时候才吃。龙江舅常去的大酒缸在朝阳门头条附近，就是现在的中华人民共和国外交部大楼的后身。

龙江舅每年过年前，都要买多少多少个肘子，连续数夜用大铁锅精细慢炖，然后分赠亲朋。

龙江舅种葫芦，养鸽子，揉核桃，吃自制的炸酱面。

爱生活的，爱酒的，做社会学研究的，敬请关注汪曾祺的《安乐居》。

美术馆看展 黄河水吃面 再逛逛三联书店

美术馆看展，黄河水吃面，再逛逛三联书店。无数人都是不约而同这样“流水作业”，相得益彰！

中国美术馆和三联书店，一个鼎鼎大名，一个大名鼎鼎，无须多言。着重介绍一下二〇〇三年出现在三联和美术馆之间的陕西小馆——黄河水。不吃装修，不吃服务，不吃环境，只吃面，油泼扯面，酸汤扯面，哨子干拌面等等，近二十种。

附录（黄河水菜单）

腊汁肉 25 元
皮蛋豆腐 10 元
水盆羊肉 25 元
水盆羊肉烩面 35 元
麻辣牛腱子 22 元
山椒笋条 10 元
羊肉泡馍 25 元
羊肉小炒煮馍 30 元
酱牛肉 22 元
炝拌莲藕 10 元

腊汁肉拌面 20 元
羊杂汤 25 元
酱肘花 22 元
菠菜粉丝 10 元
大块牛肉扯面 18 元
羊肉荞面饸饹 26 元
红油耳丝 22 元
酸辣白菜心 10 元
棍棍油泼面 16 元
牛肉荞面饸饹 16 元

五香花生米 10 元
哨子干拌面 16 元
烩麻食 16 元
姜汁皮蛋 12 元
拌胡萝卜丝 10 元
油泼扯面 12 元
酸汤水饺 16 元
凉拌木耳 10 元
黄瓜双豆 10 元
哨子扯面 12 元

美术馆看展是重体力劳动，一个大展看下来，通常是腰酸背疼腿抽筋，口干舌燥头发晕，这种状态下，到“黄河水”结结实实吃碗面，不是解馋，是解恨。

2011年11月8日 立冬

红烧牛肉面18元
酸辣魔芋丝10元
爽口芹菜10元
酸汤扯面12元
牛肉米线18元
五香豆腐丝10元
小葱豆腐10元
岐山哨子手工面12元
哨子米线12元
拌海带丝10元

香辣泡菜10元
哨子荞面饸饹12元
西红柿鸡蛋面12元
酸甜萝卜条10元
拍黄瓜10元
面筋凉皮10元
拌面筋12元
虾皮菠菜10元
糖拌西红柿10元
大米凉皮8元

白吉饼3元
花生仁菠菜10元
腊汁肉夹馍（纯瘦9元）
糖蒜2元

特色烤串
羊肉串2元
鸡心2元
鸡翅2元
肉筋2元

鸡胗 2 元

小腰子 3 元

板筋 2 元

脆骨 2 元

肥腰子 10 元

夏季推荐

哨子干拌凉面 15 元

香辣凉面 12 元

浆水凉面 12 元

画作—刘婧—自由艺术家

三十年，只有一天不在长安街上

小时候，龙山舅带我去天安门看石狮子，总是坐一、四路公交车。我管天安门前的那对儿石狮子叫“大脑脑”。

一路、四路，每天要经过天安门多少次呢？每天都可以看升旗和降旗仪式，很多人都管一、四路叫大一路、大四路，因为他们是最早在长安街行驶的公交车……

四路公交车在长安街上行驶了三十年，只休息过一天，是一九九九年十月一日，建国五十年大庆。

二〇〇九年四月二十五日晚二十二点零五分，四路4480号公交车正点驶出靛厂新村。“这是四路最后一天运营的末班车，感谢大家这么多年来对四路公交车的支持和关心。”售票员赵颖报站，当时，车上有不当班的四路司乘人员，有对四路感情挚深的老乘客，有记者。

二〇〇九年四月二十六日，在长安街行驶三十年的四路公交车撤销。

很多司乘人员回忆，当年，每当驶过天安门时，车上的乘客都奔向天安门一侧，高喊：看见了，看见了……

2011 年 11 月 26 日

画作｜刘涵｜中央美术学院在读研究生

王世襄啃老族身份考证

关于我国极为著名的文物学家、收藏家王世襄王老，我有重大考古发现，他竟然做过啃老族！

三联书店 2010 年 1 月北京第一版《京华忆往》，王世襄著，284 页，《买高粱还是买奶粉》。

敬录全文如下：

1947 年我从日本押运被劫夺的善本书一零七箱归国，去南京与清理战时文物损失委员会交待清楚后回到北京，开始在故宫博物院任古物馆科长。

说起来惭愧，此时，我和荃猷及一岁的儿子住在芳嘉园家中。父亲告诫我："念你刚出来工作，我管你们吃，管你们住。至于你的额外开支，我管不了，必须自理。"实际上父亲已经管了我们生活上的一切，所谓额外开支，是指我买文物标本，古老家具和鸽子食粮的费用。当时零星文物很便宜，古老家具没人要，更不值钱，我买的又大都是残缺不全的，但架不住贪得无厌，数十只鸽子，每天也要吃几斤高粱，还须多少搭上点小米黑豆，因此我手头总是很拮据。父亲既然有话，有些并非纯属额外开支，也不便启齿了。

有一个月月底，赶上儿子的奶粉吃完了，鸽子的高粱也吃完了。荃猷有病缺奶，奶粉对儿子极端重要，鸽子几十张嘴，也不能饿着。但手中的钱买了奶粉买不了高粱，买了高粱买不了奶粉。我是买奶粉呢，还是买高粱呢？

和荃猷商量后，我们取得一致意见：花钱给孙子买奶粉，爷爷肯定乐意掏，但不能提。不要说被父亲质问一句，就是稍稍表示不解："为什么不用买家具和高粱的钱买奶粉？"我便无地自容。荃猷有个妹妹，住的不远，借钱救急买奶粉，还借得出来，但如开口借钱买高粱喂鸽子，就太不像话了。

最后决定，把仅有的钱买高粱，借钱买奶粉。

太行深山里的补丁们

李向明所有与补丁相关的作品给人感觉是有体温的。这种温度令人着迷。这些作品携带着深远的历史背景，蕴涵着积极的社会意义，给读者以巨大的思考空间，同时，也给赏析带来了挑战。李向明从太行深山涉县所辖及周边的匡门口，悬钟村，索堡村，王金庄，张家庄，宽漳乡，鹿头乡，神头乡，偏店乡，西达，东达，固县，山西左权、桐峪、黎城、黄崖洞以及紧邻山东的大明府等村镇，历时八年，收集了五百多条布满补丁的交公粮用的粗布口袋，以及不计其数的衣物、被褥、门帘、袼褙等等当地居民日常使用的织物。这些收集地点，距涉县县城近的两三公里，远的三百多公里。

李向明在离开家乡多年后，第一次和这些童年无比熟悉亲切的补丁邂逅是在 2004 年 11 月，地点是涉县神头乡，在那里遇到两条至今为止李向明见到的补丁最多、最密的口袋，当时是补丁之间的排列构成和色彩的和谐吸引了他。2005 年，李向明又在大明府一位朋友家发现了挂在墙上的几片准备做布鞋用的袼褙，这种用各种破旧碎布托裱成的袼褙，色彩斑斓而沉稳和谐，块面结构错落有致，勾起了李向明在艺术创作上的全新思考。这貌似偶然的邂逅，其实是准备了多年的重逢！我好奇地猜测，揣摩当时李向明的瞬间感受，那种状态中会有欣喜，会有妥帖，这种欣喜，是一直在家乡生活的人很难有的对身边事物再次发现的欣喜；这种妥帖，是偶然匆忙回乡带有浅表旅游观光性质的短暂停留的人已失去的妥帖。

为什么这重逢性的邂逅会导致李向明时至今日一直在继续并不断深入地寻找和创作，并使他的艺术面貌日渐清晰而独特呢？李向明和他收集的补丁都来自同一地域的太行深山，导致了他人无法复制的根基契合。介绍人物，谈及人物的成长和生活的地域与经历，这是很难绕开的环节，也是很难写好的环节，由此，很容易被误解为是一种为增加篇幅的常规偷懒方式。

1952 年李向明出生于地处太行深山的涉县城西 500 米外的滩里村，当年，这是个被清漳河水包围着的几百口人家的小村落，因历史上多次洪灾，小村都在飘摇中安然度过，所以俗称“船村”。这里给李向明最深刻的启蒙，是节下年根，祖父应街坊邻里之邀写春联画灯笼的情景，和祖母教他念三字经的记忆。

从两三岁到小学四年级，李向明主要生活在距离涉县城5公里外的庄上村外祖母家。外祖母“捡饭入口，拾米进袋”，缝补浆洗，不丢不弃的情景令李向明经年不忘。二舅舅经常背他去听：平调、落子、上党梆子等地方戏。十四岁，李向明随王长春、郑今东两位老师在涉县周边村庄画主席像，画过的最大尺寸的主席像为三至四米，同时，在两位老师指导下画大量速写，这段时间除了技法上的讲解，郑今东老师最常对李向明说的：注意作品的味道。十七岁，进涉县平调落子剧团画布景，不足一年时间，他复制完成了《智取威虎山》、《红灯记》、《沙家浜》、《奇袭白虎团》、《龙江颂》、《白毛女》等多台戏剧的全套布景。从硬景到软景，从制作到绘画，从立体的道具到各场景的幻灯，由他独立完成。以表现山区人民“战天斗地”为主题的《山河图》是涉县剧团原创，舞台布景由李向明独立创作完成。随团在涉县周围演出的同时，依然随时随地写生。未满十八岁以美术特长兵入伍，在解放军某部整整十年，期间，从做放映员，到连队排长、文化干事，放映过上千场的“老三战”，画过上千块的黑板报，创作过上千张配合部队生活的幻灯片，写生的足迹遍布太行山脉数千个村镇（玉林井、石井沟、王庙镇、张集乡、北马店、南龙堂、三河底、九龙蛟、障石岩、西柏坡、李庄、新庄、义张庄、西坡、东坡、王大坡……）李向明第一次公开发表作品是18岁。20岁，作品首次在中国美术馆展出。28岁转业后在邯郸日报社任美术编辑，每天至少要画三到五个刊头或插图，有时头版的大号美术字还要快速手写，排版工人就在身旁等待。这种工作状态持续了四年。

用流水账介绍李向明的成长经历其实是想说明两点：第一，李向明从十四岁开始在大量的、各种门类的实际工作中锻炼成长，他的在校生活只持续到初中一年级——1965年。李向明曾设想，如果由他来创办一所美术院校，一定把室外写生当做主课。另外，他从小就对思辨性的文字充满阅读兴趣，所以，从1978年首次见到《黑格尔美学》之后，李向明几乎通读了当时能借阅到的所有哲学美学专著。个人的成就建树，有很多途径和方式，李向明特别重视个人的社会经验。

第二，李向明的青年时期，主要是在冀南地区度过，这里西邻太行，东临滏水、漳河，是古赵国都。包括他十年部队生活的数次下乡，创作，他都是在太行深山生活，一直围绕太行山思考，而他熟悉的太行山东麓，漳河流域，是汤商祖先的发祥地，早商文化最北类型之一台西遗址曾发掘出世界上最早的平纹绉丝纺织品和脱胶麻织品。从1993年他第一次出行美国，活动的重心逐渐转移到了天津、北京，2000年，移居北京上苑，也许正是因为远离太行山之后的距离，使李向明对太行山有了更深沉的思考……

从2004年涉县神头乡收集两条口袋，2005年大明府和五块袼褙的重逢式邂逅，至2008年，李向明已收集500多条使用多年，布满各种补丁的口袋。这些如丰碑般的口袋，一米一至一米二长，直径三四十公分，能装120至150斤，扛在肩上正合适，搭在毛驴背上也刚刚好，这是长期农耕劳动中自然形成的尺寸。

他从小就见自己的长辈乡邻进行各种织补，那时候，各种补丁是他生活中的普通构成，后来，他和补丁的关系，演变为发

《方格布上的三块补丁》60cm×60cm 亚麻布面丙烯及现成品 | 李向明 | 画家

现补丁的审美趣味和美学的价值，再由审美进深为人文关怀和反思。从 2005 年的少量使用，大量覆盖，到 2012 年的大量使用，极少覆盖，也许能很直观地说明李向明对补丁思考的变化，及他和补丁关系的变化。

李向明想通过这些补丁作品要表达什么，引发什么？很显然，不可能是仅仅为了补丁的一目了然的构成美，但这的确是最初吸引李向明的一个层面。

基于对李向明极为有限的了解，冒然做一个大胆的推断，李向明使用补丁，首先也许是满足内心深处归属感、安全感的需要。与自己熟悉亲切的故乡保持某种层面的联系，是每个人的需要。

惜物会使你有归属感，会使你找到生活的印记，显现我们的存在感、人生感。爱惜爱惜，爱在先，惜在后，由爱才会生惜。因喜欢而爱惜是很浅显的道理，所有使你认为有价值的事物背后，都有因爱而惜在做支撑。

有一种情感，并不只关注某种实体的功能用途，一辆自行车，一件衣物，修补后不会影响它的功能。我们尽心地去修补一件因残破而导致“使用功能”受损的物品，这个行为过程中满含着尊重、爱惜。

一直以来，祖先们把和生活有关的用具物品小心保护使用，同时会对这些物品产生依恋的爱惜的情感，修补就成为了日常生活的一部分。爱和依恋珍惜是思想的，情感的，但会具体体现为修补行为。

针脚美观细密，色彩搭配讲究的块块补丁，是李向明温暖甜美的“铺盖”和童年的甘香回味。

他的文集《土语者》中，有诸多相关表述。

“在我发现这些或有补丁或有铭文的粗麻口袋或衣物时，不仅是它们的材质美感给予我视觉上的冲动，更为重要的是在这美的背后牵动我内心的那群人，那群代表着一个农业大国的大多数的平民。由此，我曾将一组作品命名为《平民美学》，对于他们创造的美我已多次谈及。物迹的关键好像还不是美与不美的问题，而且，我越是静静地坐下来面对这种美品味欣赏，就越是让自己进入沉思，深藏在这美背后的东西就像个迷宫一样让我很费心思。”

“我的物迹，不是我个人的情感所能承载的。”

（《感悟物迹》第15、16页）

“这种补丁的精神不是贫穷与富有的问题，是人们做事的一种态度，一种信念，一种意志。当我将一块块满是补丁的口袋展开，挂在画室的墙上欣赏的时候，竟然发现就像从卫星传递回来的家乡版图——泥土的田野，散落的村庄，交织的道路，不息的河流，零星的绿地……所有的结构与秩序，都在呈现着温暖与深厚。”

“那些针线穿起了流动的时间，记载了生活的每一个瞬间，它是泥土的皮肤，生命的掌纹，简单而又神秘！”

（《泥土的皮肤》第79、81页）

李向明作品的体温，是那种肥田被夜雨滋润，第二天又被太阳满满饱晒之后的温度和状态，丰润但不张扬。既不冷漠也不热烈，但绝不是爱搭不理的那种不冷不热，他给人的温度感和他的作品一样。李向明就像是在一棵瞬间破土的芽苗，周围的温度湿度都适宜的一抔土壤，不会因一时激动，随意给种子加一滴水，增加一丝温度。

李向明一直不停地思索补补丁的乡亲们补补丁时的状态，并坚定地认为，补补丁的心态是甜美的，状态是安逸的，生活是充满幸福和秩序的，对生活秩序的要求和讲究就明晰地体现在对补丁的认真程度上，比如细密规整的针线，富有美感的布局搭配。因为有安全感，知道手中所织补的物品要一直用下去，所以才会用心。

津之西

075

杨柳青年画里的红，和天津的气质贴切契合，虽然我这样认为只是一种感觉。

画作|韩增智|绘画爱好者

天津，始于隋代运河之开通。明永乐二年（1404）设卫。

天津市河西区，因在海河之西得名。古为滨海之地。相传，哪吒的事发现场——陈塘关，今被称为河西区陈塘庄。

天津人民艺术剧院与天津师范大学为邻。曹禺生于天津，天津人

《雷雨》几乎遍演全国。

天津电影制片厂，安静得像一座退休多年的公园。

煎饼果子叔叔 饼干哥哥 果脯大爷之相守

两位煎饼果子叔叔长年面对面摆摊，从不交谈，同时进退，清晨六点左右出摊，直到中午时分饼干哥哥和果脯大爷来交接班。

最庄重的时刻是早上第一节课之前的一小时，从大桶里舀一勺稀稠永远适宜的豆面，推圆摊匀，打上一个鸡蛋，推散拌开，准备翻面的同时，问：要辣酱？面酱？葱？薄脆？有的同学会要两个鸡蛋，有的会不要薄脆。这一小时，他们俩像被神仙点化了一样，可以不再呼吸和心跳，只有神速而无限麻利的做不同要求的煎饼果子。上一位同学要了两个鸡蛋，辣酱，甜面酱，薄脆，唯独不要葱。下一位同学，要一个鸡蛋，不要辣酱，不要薄脆，而多要葱花……

我们班曾经开会讨论如何能让这两位煎饼果子叔叔得到公平。尽管每天两个摊位排队的长度几乎相同。但是，如果，某天早上，发现自己排得队比对面的人多，就会很惭愧，觉得对不起对面的煎饼果子叔叔。会议决定，班里男生排瘦煎饼果子叔叔的队，女生排身材正常的煎饼果子叔叔的队。

上午十点钟前后去水房打水路过他们，那时，他们是重回人间后的“雕塑状态”，各自晒同一枚太阳，各自歇着。

此处的每天下午，拨云见日，祥和一片。

饼干哥哥和果脯大爷是一顺边儿的相邻摆摊，饼干哥哥不卖点缀果脯的饼干，果脯大爷也没有搭配饼干的果脯，他们天天从国际形势畅谈到菜市场物价。

晚餐时分，饼干哥哥的夫人带着一位小男孩来送饭，饼干哥哥就和小男孩踢足球。果脯大爷就和我们讲，家里的女儿很争气，重点初中、重点高中都是自己考的，如果差一分，就得交一万！好嘛！那我得卖多少果脯！

2013 年 12 月 11 日

2013 年 12 月 8 日晚和沅沣在美院再次探讨之后，决定增加津之西而作

饿的真诚

烤红薯的香气如何公平显现？

首先，天气要冷，冷得干脆，干冷。天色要晚些，黑些，要有几丝风，这几丝风要刚好把烤红薯的香气送到，又不要吹的漫天沙土，张不开嘴。

最要紧的，是你同烤红薯相遇时，正饿得真诚。

2013年12月14日

刘氏鸭绒裤

二十世纪九十年代，对新闻工作者的培养方针是“采编播”合一。大学期间，我曾在天津人民广播电台采编播过一档清晨六点半开播的直播节目。每天要插播一条“刘氏鸭绒裤”的广告。极为上口的天津快板儿。

日久弥新。

咱爸过生日，送嘛好啊？送刘氏鸭绒裤呀。刘氏鸭绒裤呀，穿着倍儿轻松，里外双层，全是白鸭绒，后腰吹不透，裤腿能防风，骑摩托，开面的，谁穿还都行。

那时，天津主要交通工具为自行车，摩托车，黄色面的。和谐交融，情感真挚，浩荡涌动，蔚为壮观。

2013年12月12日

难道有缺憾才会懂《青鸟》之幸福？

第一次到中国儿童艺术剧院，欣赏的是最不是儿童剧但又最有名的儿童剧，梅特林克的《青鸟》。

回宿舍就做了关于什么是幸福的采访。

宿舍的电工叔叔说："和家人住在一起就是幸福。"电工叔叔家在河北农村，长年和父母妻儿分离。在宿舍对面小卖部帮忙的叔叔说："有钱花就是幸福。"小卖部叔叔从工厂下岗了，所以在小卖部帮忙。好像宿舍里的采访没什么记忆，但也不遗憾，说明宿舍里的祖国花朵很幸福，所以不知道什么是幸福。不知道什么是幸福也是一种幸福。

2013年12月14日

画作—余冰宾—清华大学生命学院副教授

今天炒肝尖儿比赛

能经常举行炒菜比赛的高校食堂，通常靠得住。

我校食堂拳头产品有：红烧排骨、玫瑰馅儿烧饼、超敦实大号肉笼、炒肝尖儿，等等。还有在其他高校很少见的稀有品种：红烧鸡皮、红烧鸡肝。

最令大家交口称赞的是，学三食堂经常举行“炒肝尖儿比赛”。当天会在最贵的荤菜窗口贴出一张竖书的小黄字条——今天炒肝尖儿比赛。一看到这字条儿，我们就奔走相告，火速聚集在此窗口。炒肝尖比赛真可爱！一下子会有四五份刀功色泽稍有差异的炒肝尖儿摆在你面前。站窗口的厨师会让你凭感觉挑其中的两份，每份给你来一满勺，如果你赶巧挑

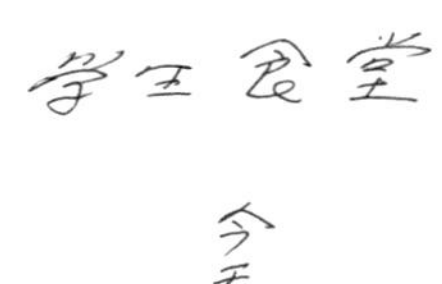

中了他炒的，还会有追加和微笑。如此这般，这一份菜打的和两份差不多！

我校炒肝尖儿都是土豆片炒肝尖儿，据我调查了解，很多同学上大学之前不怎么爱吃猪肝，觉得味道有点冲，可炒肝尖儿比赛的确不同，猪肝很嫩，味道却很轻，神！

实践证明，玫瑰馅儿烧饼和炒肝尖儿历来不可兼得。烧饼窗口排队的特点是来势猛，退潮快。各种烧饼和一种芹菜馅儿锅贴，这都趁热才好吃，我太多次终于排到，玫瑰馅儿烧饼刚好卖光。

做肉笼的师傅一定是个实诚人，同学们都这么说，还推断他是山东曲阜人。肉馅、葱花、酱油都舍得放：酱油和肉香都浸到面皮里，每块切的也大方，托在手里有种沉甸甸的幸福。

2005年7月29日

学生食堂

早餐：石磨豆浆 卤味老豆腐
果子 大饼 烧饼 五香
灌汤包子 各式粥类
风味小菜
中晚餐：二十多种菜品 套餐
丰饮
丰俭由己 炒饭 炒面
砂锅米线 高汤锅仔
校内送餐电话：13820406986

雲之南

097－130

097

云南普洱的茶汤醇厚，红的透亮，是我心中云南的质感。

画作｜韩增智｜绘画爱好者

1937年8月，清华大学，北京大学，南开大学组成长沙临时大学

1938年1月19日，临大决定迁往云南。大部分师生乘火车及

◦1938 年 2 月 20 日至 1938 年 4 月 28 日，820 名临大学生中的

244 名学生及黄钰生、闻一多、曾昭抡、李继侗等教授由长沙徒明。全程 1663.6 公里。临大更名为西南联合大学。

云腿只能过桥

建新园是昆明本地人心中地道的百年米线老店。原名三合春，始建于一九〇六年，一九五二年更名为建新园，现总店位于宝善街195号。有位生在昆明并一直长在昆明的昆明人曾对我说：我天天都要吃米线，建新园的好。西南联大期间，汪曾祺经常陪同他的恩师沈从文吃米线。

不设菜单，花色品种都贴在取米线的窗口之上，品种很多，只“加帽”价目表就将近二十样：焖肉、杂酱、肉叶子、豆腐丁、熟鸡蛋、脊肉片、鱿鱼片、生鸡脯、白肉片、玉兰片，均为一元。脆哨、焖鳝鱼、生腰片、云腿片、生鱼片、生乌鱼片，均为两元。过桥绿菜五毛。

我探头看到窗口内，有一口很带劲的大铁锅在热腾腾地煮着米线，热气缭绕中有三四位阿姨忙着从大锅旁很多碗里选取不同的配料，每端出一碗的同时还脆亮地问下一位顾客："要哪样？"是啊，我该要哪样呢？只"加帽"价目表就已经看晕了，米线的花样更是二十多样，汪曾祺多次提到云腿的美味和气锅鸡的鲜香，于是下定决心要土鸡焖米线、"加帽"云腿。到收费窗口时，资深专业服务员脆生生地拒绝了我的外行不合理搭配，只说："云腿只能过桥。"哦，那就让云腿过桥呗。

收费窗口只收米线的费用，"加帽"费要直接交给"加帽"师傅。刚刚坐定，还没来得及看看周围的顾客都点了什么，"加帽”师傅就端来了四片刀工极好的云腿，妥帖安然的样子啊！我就左眼看着这四片云腿，右眼瞄着周围顾客点的花样，有点炒米线的，有点炒饵块的，油汪汪的，很热情的状态，还有点脆旺的，红红冒尖的一大碗，热切！我的过桥，相比之下，淡淡的。但大家享用的状态，都像极了那四片刀工极好的云腿——妥帖安然。也许人生会有漂泊，但只要你在某地可算是本地人，本是“本然本来”之意，地是“当地地盘”之意，只要你浸润到那个场景里，就会有受用一生的妥帖的安然感，也许这就是千年以来游子思乡的缘由之一。

为表达对昆明人深爱的百年老字号的尊重，现将米线花样敬录如下：

过桥米线：豪华过桥米线每套二十五元，标准过桥十二元，经济过桥八元，汤鸡过桥八元，加米线两元。

脆旺类：米线、面条、饵丝，大碗七块五，中碗五块王，小碗四块五。

土鸡焖米线：大碗七块五。

土鸡热米线：中碗五块五。

小锅米线：每碗五块五。

焖肉类：米线、面条、饵丝，中碗五块五，小碗四块五。

什锦类：米线、面条、卷粉，大碗七块五，中碗五块五，小碗四块五。

凉豌豆粉：中碗五块五，小碗四块五。

四喜凉套餐：七块。

泸西土鸡凉米线：七块五。

炒类：米线、面条、饵块，均为六块。

红油血旺：大碗三块，小碗两块。

木瓜水：一块五。

菜单当中最可爱的一处细节是——

传呼：126呼184775

画作｜李矢矢｜艺术家

拓东酱菜厂经销点

全称为昆明市蔬菜公司螺峰酱菜一门市拓东酱菜厂经销点。

拓东酱菜厂经销点在安静的螺峰街，从这里很方便走到翠湖，汪曾祺把翠湖比喻为昆明的眼睛，螺峰街的地势比翠湖高些，关于它的位置姑且可称为在昆明的上眼皮儿，这上眼皮儿还有昆明百年糕点老店——吉庆祥。

我是抱着一箱吉庆祥的点心即将路过时，瞬时被吸住定在那里，就像被孙悟空施了法。

有需经几十年时光荏苒才会积累下来的最切近家常的琳琅满目感，包谷酒，冬蜂蜜，豆面条，手拉面，寿面条……躺在玻璃匣中的，品牌为阮氏的越南传统硬壳面包。最多的自然是各种酱菜，

都安安静静地坐在多个一般大小的老式青花瓷盆里，就像幼儿园排排座拍手歌唱的小朋友。味道各异的各色调料，有水质的，糊糊的，粉末的，有玻璃瓶装的，有纸包的，有散在那里随称随走的，但都被安排得那样妥帖，既不像部队厨房超严格的整齐划一，萝卜长的高矮不一都要从尾巴那里一刀切齐然后列队摆在隔板上，也不像世界统一标准的整体厨房，哪个隔放什么放几个都有尺寸和材质的限定。这种几十年如一日的老门市部像用久了的木质家具，温润的，糯糯的，像极了小时候老院子里厨房的氛围！莫名的，我直觉，包谷酒和冬蜂蜜都是散的，来打酒和蜂蜜自带瓶瓶罐罐，用了多年，都浸润了包谷酒和冬蜂蜜的气息。

我正在“厨房”窗口踌躇张望着，厨房深处惊现一张面庞，那种震撼我的面色，瞬间使我想到瓷润的石屏豆腐，少见的天然好容貌，好气色，好神态，这张面庞就是容貌安然端庄的生动注解，就是二十世纪六七十年代常见的宣传海报中那种地道的大眼睛双眼皮，但眼神中的淡定是无法印刷的，无法印刷的那种淡定是那样的安然：“我五十三岁了，十八岁就在这里上班。”简直像舞台剧的慢放，几十年的不变才是这部戏的戏剧冲突，所谓日新月异是不适合这种人生安然感极强的场景，不需刻意营造，时间给予了这种老门市部温糯的亲和。

亲力亲为的家常日子是需要油盐酱醋们无固定生产模式的

随意随心调配，不像以严格统一制作标准世界连锁店销售的那样——一个味。因每天的心情和各种偶然因素，每道菜的味道都无法复制，每个日子也就有了无法重来的别样味道。

博物馆的品种可能不亚于眼下这些酱菜的品种，国家博物馆，民俗博物馆，警察博物馆，军事博物馆，紫檀博物馆，自然博物馆，恐龙博物馆，等等。但这些博物馆都是撸皮去肉的标本性质，拓东酱菜厂经销点则是一种活生生的，有呼吸和心跳的，和平常日子相携的，过着鲜亮日子的家常博物馆！

画作|田中锋|自由艺术家

吉庆祥

昆明老城拆得够狠。

吉庆祥的火腿月饼我不敢轻易下笔，因为汪曾祺在《昆明菜》中说：昆明吉庆祥的火腿月饼甚佳。在《肉食者不鄙》中写道：华山南路吉庆祥的火腿月饼，全国第一。一个重旧称四两，名曰“四两砣”。

我去到的吉庆祥位于螺峰街 24 号，离翠湖不远。华山南路老店已不存。

抱歉，我要加一个幸福的尾巴：一位朋友王刚每年中秋都会让云腿月饼出现在我面前，无限温暖……

手绘地图—韩增智—绘画爱好者

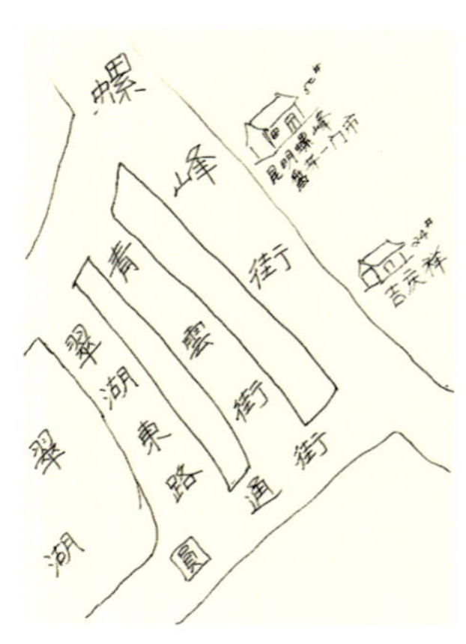

石屏会馆

石屏会馆是昆明当时两百多座会馆中仅存至今的。

位于翠湖边。

烤石屏豆腐好吃得吓人，趁热，不蘸任何调料，先吃皮儿再吃瓤，美煞。

石屏县最吓人的，是始建于一九二三年，由当地乡贤陈鹤亭倡导，乡绅李恒升、张信之等捐建的石屏县一中，其建筑品位无话可说！

画作丨张文娟丨执教于中央美术学院

印刷版火炭梅

汪曾祺在《昆明的果品》中写昆明的杨梅：

昆明杨梅名火炭梅，极大极甜，颜色黑紫，正如炽炭。卖杨梅的苗族女孩常用鲜绿的树叶衬着，炎炎熠熠，数十步外，摄人眼目。

在《昆明的雨》中写杨梅：

雨季的果子，是杨梅。卖杨梅的都是苗族女孩子，戴一顶小花帽子，穿着扳尖的绣了满帮花的鞋，坐在人家阶石的一角，不时吆喝一声："卖杨梅——"声音娇娇的。她们的声音使得昆明雨季的空气更加柔和了。昆明的杨梅很大，有一个乒乓球那样大，颜色黑红黑红的，叫作"火炭梅"。这个名字起得真好，真是像一球烧的炽红的火炭，一点都不酸！我吃过苏州洞庭山的杨梅，井冈山的杨梅，好像都比不上昆明的火炭梅。

石屏会馆始建于乾隆年间，是目前昆明唯一幸存的会馆。石屏县属地可追溯到夏商周时期的中华九州之梁州。雨季，在昆明石屏会馆大门口，我遭遇了印刷版的杨梅。

当时，我正认真回味石屏烤豆腐，服务生把一色如杨梅的小册子递到了我的手中，上书：石屏杨梅节节日指南。内页介绍了石屏县杨梅种植概况：种植面积近五万亩，连片种植户三百多家。杨梅园的名号各异：异龙湖香炉脚杨梅园，猪头杨梅园，小水杨梅园，坝心杨梅园，天湖杨梅园，甘塘杨梅园，高冲水库杨梅园，等等。我想象睡在花腰村寨的土掌房内，在被杨梅清气浸透的空气中自然醒来，在杨梅园中飘然闲逛，眼睛卖力地望着绿叶映衬的杨梅，久了，像波斯猫一般，眼球一红一绿，落日也成了一颗大火炭梅。呜呼，美哉！

记得曾往一友人家中做客，早餐，食用白糖炒过的杨梅，喝白粥，这是浙江温州平阳一带极家常的早餐搭配。

二十多年前的茶费

清茶，一块五一杯。

自打二十多年前定了这个价，至今没变过。至今没变过，没变过。这是云南昆明文庙内的昆明市群众艺术馆文庙茶室。

茶室门头还有两个名称，一是昆明市群众艺术馆冷饮甜品店，一是昆明市群众艺术馆，最靠近文庙正门的窗玻璃上还贴着“油炸葱花饼”的字样，是魏碑体，褪色了。茶室对外开放的是改为铝合金推拉的两扇窗户，上有明晰的价目表：清茶一块五，押金两元。自带清茶一元。出堂开水：八磅四角，五磅三角。水壶：二十四公分七角，二十六公分八角，二十公分四角，二十二公分五角。热水瓶：押金三十元，五角一个。租用麻将桌押金一百元，一块五一小时。租用象棋押金二十元，五角一小时。租用时间超过十五分钟按三十分钟算，过三十分钟按一小时算。

喝茶下象棋打麻将都是在文庙院内，露天。

茶室是有一个门的，门内有间不大的屋子，是滇剧票友独享的，而且多年。挤挤挨挨能坐十二三位，我进去的时候，正唱着，唱词听不懂，但丝毫不影响我享受那种美好的气氛。

记得一次在上海著名的天蟾大戏院上演沪剧，我也是听不懂，为的就是置身一群听懂的人当中享受气氛，邻座的一位阿姨逢精彩处就兴奋地转身低声用上海方言对我说几句，观众席反正是暗暗的，我就每次很配合地卖力点头，结果一场地道的沪剧下来，我们相处愉快。

在这唱滇剧的文庙茶室，刚刚唱着的一位阿姨转身从背包里取出一些桃片，分给大家，接着又一转身“入戏”了。

散戏后我前去请教，戏出是《玉蜻蜓》，刚才唱的是“游庵”一折。这是一个很老的本子，讲一位相公和一位尼姑生有一子，多年后，当年的小男生得中状元，回庵内认母。那位尼姑就这样被打发了……这一群耄耋老人中有位唯一的年轻人，昆明市滇剧团没被解散前是那里的老生，他说，滇剧团五十年代建院，很硬整。他还说，云南以前有七十多个滇剧院团。

这屋子隔壁就是小茶室营业处，铝合金窗下一张旧写字台，抽屉里是茶票、押金等票据，规格和老电影票同，印刷材质亦同。一老奶奶坐在桌前张罗，老奶奶背后是一消毒碗柜，里面是些带盖带把儿的瓷杯。屋角有一小型电茶炉，茶炉旁是些热水瓶。老奶奶说，她退休后就到这里来帮忙，已经十三年了，每月三百块，如果只买菜倒也差不多够了，好在还有退休金。

不需要所有人都很忙，不必要所有人都做惊天动地的大事。

2008年11月24日

《暖瓶-25》60cm×80cm｜王天昊｜艺术家｜悦美术馆收藏

不旅游的丽江

在丽江主街道的商铺里，早已分不清自己是在广西阳朔还是北京后海，从贩卖的物件到服务员的表情、语气，都是令人惊骇的疑似。

万幸的是，丽江还有一个没被旅游化的——木府菜市场。

走赫赫有名、周身披草的“大石桥”，穿过“关门”，经“天雨流芳”，从木府大影壁背后的窄巷口开始就是木府菜市场的地盘了。它的官方名称好像是丽江什么什么综合批发市场，但当地人就叫它“木府”，买菜就说去木府，这里虽是和大名鼎鼎的木府民俗博物馆近在咫尺，但也许是离旅游的丽江最远的地方，是离丽江原本的生活最近的地方。

巷口很近的地方摆一个花摊，让你逛菜场的开始就有好心情，记得汪曾祺的散文里写道，昆明的菜场里就是花和蔬菜一起卖，当时西南联大的一位教授种花贴补家用，他的夫人每天去菜场卖掉花换回蔬菜，如是。丽江菜场的花摊轻轻巧巧，用一根扁担挑来，然后把花插在沿墙的清澈小河沟里，于是这些花就显得分外水灵。

菜场里最神气的摊位是上搭下挂，叮叮当当的铜器摊位，铜锅，铜火盆，还有很多长相特别的器具，令人摸不到头绪，既然不买，就不好意思向摊主询问。

既然是菜场，菜棚自然很大，转了一圈，发现了两种长相漂

画作 | 张文娟 | 执教于中央美术学院

亮的菜，一种叫金丝菜，一种是白杆芹菜，当地叫水芹菜。菜棚周边的藕摊和土豆摊都很大，真是摊在地上一大堆。我观察了一下，当地人大都是先买很多土豆给背篓打底，最后再买很多藕给已经冒尖的背篓加盖儿，这里卖的藕都很细流儿。

水果摊上有特色的水果是满身皱纹的橘子，看过橘子我顺便看了一眼摊主小海碗里的饭：泡饭，辣椒，几块小方肉，几根油菜，摊主笑笑对我说："看，我们已经开始吃午饭了。"我转身的瞬间，他从自己碗里夹了一块方肉放到妻子碗里。

我用根草绳拎着白杆水芹菜，走到一家做面饼的摊位，看到有额外的灶台，试探着问："可否代炒？""三元加工费。"最忙

画作｜余冰宾｜清华大学生命学院副教授

碌的中午的生意已经过去了。老板娘一边择菜一边和他的朋友聊天，说今年应该养猪，猪骨头都四块一斤了。

芹菜快出锅时，我说："不必放味精。""芹菜放味精不好吃。"从此我每天两趟木府，吃现买的新鲜蔬菜。两餐之间在丽江最古老的民宅中晒太阳，喝茶，读李义山、汪曾祺。

木府菜市场的确有相当的规模，从公共洗手间就能感觉到，洗手间高大敞亮，两大排宽大的坑位，在高原充足阳光的照耀下，给人坑位无数的错觉，菜市场内部人员如厕，交一张写有"市场"二字的小卡片即可，白纸黑字，其他人，五毛一位。

旅行，是很好的"去身份"的机会，如果你深深地"陷到"

丽江木府菜市场的话，会把游客的身份也不小心去掉的。如果有一天，一元和一体化消灭掉了“别处”和“别人”那里的不同时，那将是怎样的一种恍惚呢？

山之東　131 - 231

131

小时候见新娘子结婚，都穿真丝大红袄，头戴红绒花，脚蹬红羊皮鞋。

画作｜韩增智｜绘画爱好者

太行山之东。

春秋时期，晋居太行山之西，称太行山以东为山东。

海蛎子、牡蛎、生蚝的 关门闭户掩柴扉

称呼牡蛎最显时尚高档，最像回事。

其实，小时候在海边，最不屑的就是海蛎子！首先，海蛎子不活泼。海蛎子认死理儿千万年不变地长在礁石上，对礁石那生死相依的劲头，死心塌地的！它不像小鱼小虾见人就着急忙慌地乱窜，或像小蟹子往石头底下愣钻，钻得你心里痒痒的。其次，海蛎子太麻烦。折腾海蛎子要相当的耐心，“耐心”不是小孩子的长项。挖海蛎子需专业工具和娴熟技巧，小孩子往往无法承受挖海蛎子失败而带来的沮丧，还是用食指去戳一下正在花枝招展的海葵花吧！

挖海蛎子的工具是成套系的：指甲套，小锤子，“一”字形

螺丝刀，小桶。讲究的赶海人，都是自己专门为海蛎子度身定做全套工具。指甲套就像清朝妇女戴的护指套，通常是用青岛啤酒易拉罐卷成，顶端的尖尖要扁长扁长的，当海蛎子壳被打开后就用这个指甲套轻轻地把海蛎子肉半挑半铲挖出来，这是一个很需要反复练习的动作技巧。挑不好，海蛎子肉会破，汁水流出，就不好吃了。赶海行家用青岛啤酒易拉罐做这个指甲套真是完美得要命，这种材质的软硬对于海蛎子肉合适极了，太硬没必要，太软则挑不出来。而这种材质也容易剪裁心仪的形状，另外，也轻巧，挖海蛎子需要相当的时间，指甲套太沉的话手指头可受不了。

挖海蛎子另外一个重要技巧是如何撬开海蛎子的壳，海蛎子虽然和蛤蜊、扇贝一样都是两扇壳，但它有一扇可是永远和礁石生死不离的，最具难度的是，海蛎子壳长得苦大仇深，里出外进，坑坑洼洼，有的还寄生着小小的海螺、海菜，总之，海蛎子两扇壳之间的那道缝很隐蔽，经验丰富的赶海人会对一颗海蛎子全面勘察之后迅速做出判断，用一种类似“一”字形螺丝刀的专门工具借巧劲撬开，再用一把小锤敲敲……挖海蛎子除了心灵手巧富有耐心，还要有一对好的膝盖和过硬的蹲功。退大潮的时候，远远看到有人像长在大礁石上，埋头沉思，大概就是在挖海蛎子了。

画作|阳烁|北京大学在读博士研究生

关于海蛎子的清洗也有技巧和讲究，洗时在水里滴一滴食用油，用手旋涡状轻揉，细小的沙石就会沉到水底。

海蛎子当然是鲜美的，要存其本味就做成清汤海蛎子，几乎就是清水煮海蛎子，出锅前加一点盐即可。要促海蛎子出味的话可做成海蛎子炖豆腐，要卤水豆腐，最讲究的是用青岛崂山泉水点的。最“肥”的一种做法是用鸡蛋清把一个个海蛎子裹好，入温油小火软煎。

多少有情人一生一世聚少离多，哪像海蛎子和礁石。

2009 年 1 月 2 日初稿 2011 年 6 月 4 日定稿

崂山道士的樱桃树们

据传说，听过《崂山道士》故事的人，远比吃过崂山道士种的樱桃的人多得多。崂山道士的樱桃树可不是整整齐齐排着队，手拉手种在四周铁丝网，监控器，严防死守的被称作现代化果园的“植物监狱”里，崂山道士怎会是那样的气度呢？

崂山道士的樱桃树分布的样子就是崂山道士当年散步时随意的状态，散散淡淡长在山路两侧，舒适极了。崂山本地樱桃由野生山樱桃演变而来，目前有五个品种：崂山红樱桃、崂山樱桃、崂山短把樱桃、樱黄、水晶。樱桃树长得舒适，把山妆扮得舒适，我们看着舒适，吃樱桃时更舒适——边散步边摘边吃。崂山的范围是很大的，以崂山北宅燕儿石村为例，有舒适自由的樱桃树几千棵。

画作｜张文娟｜执教于中央美术学院

水果的性格也是千差万别，樱桃给人的是温婉柔顺的感觉，没有刀光剑影，用在微风中拢拢头发的状态和力度随手即可摘得。有的水果，挂得直冲云霄任你仰断脖子也看不清它的尊容，有的水果周身披挂坚硬盔甲，必须动用斧头、大砍刀才能“采”下来。樱桃个头长得也体贴，吃樱桃的状态适宜文雅些好看些。

若干年后，崂山道士的邻居们继续照料着这些随意撒在山林中的樱桃树们，哪怕出门照料一整天，也不必锁门……

冬青树下的太平路

冬青树荫下的太平路是相当可以自傲的，且无须提及它是临海的百年老路。

冬青很少有长成树的机会。冬青通常呈现的是灌木感，行道感。

百年冬青树荫的浪漫温情是太平路的气质。时光的恩惠默默温润，令我敬仰的冬青树生活在距路面几米高的石砌院墙内，这一派气度从容的院落原是德华大学的教工宿舍，自 1909 年至今，这些冬青就面海向南，成树成荫……德华大学是张之洞代表我国同德方谈判，在青岛共同开办的一所优秀高校。1912 年，孙中山在学校礼堂演讲，鼓励学生认真学习。1914 年，宗白华

入学。他写道：有时崖边独坐，柔波软语，絮絮如诉曲……那生活是诗，是我生命中最富于诗境的一段……

冬青不像那些先天的参天大树们，只顾参天，眼皮上翻，从不俯身关切他身下的行人，也不似一些姿态俊美的名树，自己的造型最重要。冬青冬天不必穿衣戴帽，平时任你修剪裁定……

小学校门口的迎宾冬青树

冬青是随处可见的。

从字面上望文生义的胡乱理解——这种树冬天也是青的。冬青真的很皮实，可以被任意剪成各种非天然的形状，嫩芽老枝，剪去，冬青没反应。多数情况下，冬青做行道灌木，扎扎实实地站在尾气污染严重的马路边。

青岛的冬青给我特别印象的是很多长成了树。我小学校门口就有两棵，树干油亮油亮，进进出出的老师都没有它们高。它们的长相很像黄山上那棵著名的迎客松。这两棵冬青树一下子使我的小学和其他的小学有了明显的区别。

两棵冬青树一棵邻着传达室，一棵在校长室近前。临传达室

画作|张文娟|执教于中央美术学院

的那棵身上总搭着两三块抹布，靠着几个布拖把，树下还放着一个白铁皮水桶。

用来学懂事儿的劳动课

上世纪九十年代初，中学设有无比令人欢欣畅快的劳动课。为期一周。我是卫生委员，劳动课照例分到学校卫生室。

母校——青岛市第一中学，始建于1924年，近百亩的校园西高东低，错落有致，从北门的校长办公楼到教学楼要下很大一段台阶，总有三四米的样子。从教学楼到篮球场还要下台阶，从篮球场到400米田径操场亦再要下两段石台阶，台阶两侧是颇似任熊《十万图册之万壑争流》中的礁石，每天下课间操回教室的学生恰似石中的水浪。田径场墙外即是海岸。

卫生室三间北房，位于学校的中心平原地带。

学懂事，不是现学现懂的。

劳动周，我似乎总是神奇地碰上高三学生毕业体检，卫生室一年一度的大事。高玲老师会不经意把矮个子学生的身高多量一点儿，站在秤上悄悄踮着脚后跟的学生，高老师也一律微笑着视而不见。

一次，苟老师交给我一个白色铁皮水桶，里面有很多摆放整齐的浅褐色火柴盒，盒子上有班级和姓名。同时，还有一幅透明的每个手指头都很胖的带颗粒的塑料手套。首先，叮嘱我先戴上这从未见过的长相颇怪的手套，然后郑重平稳的把桶交给我，看我提稳了，说：“马上送到实验楼，路上一定要稳稳当当慢慢走，这事关学生的毕业和高考。”从实验楼回来，苟老师告诉我，火柴盒里装的是高三毕业班学生的大便化验标本。

多年以后，我才在一些相对体面的饭馆里重逢那种手套，清蒸大闸蟹，脆皮乳鸽，红烧大棒骨都会随菜奉上。这种手套由医用转餐饮民用，走上了一条自强不息的转型之路。

2013年12月11日 2013年12月12日

我们的环球

环球！我们的环球！我们都这么叫它，许多年过去了，也不知它的准确全称，它是青岛最六最好的文具店。奖状，腰鼓，电光纸，皮球，圆规，钢笔水，徽墨，端砚，速写本，粉笔，象棋，铅笔盒……

画作—刘商英—中央美术学院副教授

有时去，只买一本图画本，却在钢笔柜台把鼻子压扁在玻璃柜面上看半天，一支支光辉闪耀的钢笔，像国家仪仗队……

画作｜林笑初｜中央美术学院讲师

送挂历

上世纪八九十年代，有互送挂历的风尚。到年底，家里大都会有几本挂历，尤以花卉、风景题材的居多。一段时间还出现了内衬塑料质地的新型挂历。最好的当然小心地卷起来，包好，送给自己最喜欢的老师。旧挂历开学时用来包书皮。

那时侯似乎家家户户都挂挂历，有的人家每个房间都要挂一本。后来，挂历少了，小了，大多变成了台历，或干脆变成一张银行卡的大小，装在钱夹里。现在，挂历就是手机里的日历项，干脆虚拟掉了。生活节奏慢时，日历很“显著”，节奏加快，日历却虚拟隐现了……

2008 年 12 月

画作｜王斐｜艺术家

我们的加工活儿

自小在海边生长，对贝壳天生爱得毫不犹豫。捡贝壳更是日常生活的一部分，捡了贝壳还要进行认真的加工。记得工期最紧工作量最大的一次，是院子里忽然运来了像一座山一样的沙堆，里面贝壳无数！从此，每天暮色苍茫时分，这座山周围满满一圈儿孩子，气氛与往日不同，很安静，紧张而忙碌。每人挖到普通的贝壳就随手放在自己身边，挖到稀罕的，就郑重地装到衣兜里，等大人来喊回家吃饭时，衣兜已鼓鼓囊囊，跑起来哗哗响，很是一番得胜凯旋的景象……

吃过晚饭更忙，把挖到的宝贝从兜里掏出来排成队列好好欣赏一番，再端出家里的洗衣盆，小心地摆到里面，用清水泡，贝

画作|张文娟|执教于中央美术学院

壳遇水自有另一番活泼神态，很遗憾，绝大多数喜爱贝壳的人都把贝壳干着，更有隆重者还把贝壳用射灯烤着，关在专门定做的柜子里。不管怎么说，我对喜欢贝壳的人，充满好感！

贝壳最美的神态是在水中。水换过两三遍之后再用小的软刷轻轻刷掉贝壳沟壑中的小沙砾，这可要耐心、小心！有的贝壳薄得透亮，薄的让人心惊胆颤，最要命的是它还有珍珠般悦目光彩，我们把这种的叫宝贝，重音在“贝”上，可它很容易被小沙砾“硌”坏而断裂，如发生这种事故真是可惜死了，心痛异常！接下来是用柔软的干布（通常是用自己穿小了的，穿出洞洞的纯棉秋衣秋裤剪成的），把贝壳们逐个擦干。

真正加工的时候，平时爸妈不许动的百宝箱只管拖出来，理直气壮地把家伙什撒满一地，干活得先有个气氛嘛！剪子总有几把：生锈的，没尖的，无法咬合的。螺丝刀：梅花的，十字的，一字的。锥子，钳子，锤子，一卷儿铁丝，铁丝一卷儿，螺丝钉，螺丝帽，锉，很沉的锉，砂纸，泥瓦匠和沙子水泥的工具，几把长短大小不一但都很钝了的刀，磨刀石。真正动手之前是很严肃地对贝壳“相面”，翻过来调过去。构思。通常是把寄生在贝壳身上的零碎儿弄掉。用小锤子纵向轻轻地敲，用刀一下下地刮，用锉慢慢锉，用砂纸细细地磨。

比刷白球鞋还要认真，还要卖力。

画作｜徐晨阳｜中国艺术研究院画家

北京三联书店正对面有一家卖贝壳的小店，它存在的地理位置几乎可以用“奇绝险峻”来形容……

2008年12月8日

画作｜张燕熙｜执教于中央美术学院附中

能出冻儿的菜

过年，冻菜凉粉是正经上席的年夜菜。

腊月里接近小年儿的时候，在青岛海边太平角一带的木栈道散步，像包场一样，竟没有旁人！不像春夏之季，海里有像煮饺子一般游泳戏水的人群，海滩上铺满嬉闹的队伍，礁石上撒着像珍珠般拍结婚照的情侣。

当“包场”持续到第三天，似乎有些承受不住这种奢侈时，远远见到有两位老者在海边闲适地捞冻菜，穿过膝的雨鞋，右手拿着自制的专业工具：一根长将近两米的竹竿，细的那一头绑着用铁丝捆成的五爪小耙子，一个装冻菜的袋子系在腰上，随海浪的节奏一下一下地慢慢捞……

画作｜刘商英｜中央美术学院副教授

分捡冻菜这个环节和捞冻菜比起来需要更多的耐心和相当的经验，别看捞了鼓鼓的一袋子，其实捡出来也没多少，因为有太多和冻菜相貌差不多的其他海菜混在其中充数，冻菜那种紫很特别，可称为“冻菜紫”，这种“紫”遇水有水彩的清透，干透以后有色粉笔的沉着，是一种暖紫、矿物紫、古董紫、历史紫。捡冻菜通常坐在海滩上完成，捡过之后海滩上会有一堆堆貌似冻菜的海菜摊在那里懒懒地晒太阳，等待涨潮的浪花把它们接回家。

冻菜晒干后，接下来要用一个小木棒仔仔细细地对每棵冻菜反复敲打震动，躲在冻菜里那些细密的沙子，碎碎的贝壳屑就出来了，很多事情的意义和美的显现往往在看似细碎的过程中，每敲一下，离清晰爽嫩的凉粉就近了一步。被千锤之后，就要百炼了——把冻菜放在水里熬。

最珍贵的冻菜凉粉是大年三十年夜饭里的那一盘，有的人家专门用煮年夜饺子的饺子汤来熬，你想想！

是哪位无比可爱的永载史册的伟人发现冻菜竟是可以出“冻”的呢？

画作｜张文娟｜执教于中央美术学院

生活林

很多城市都有本城的糕点老字号。

生活林是青岛的。其中有一种叫大虾酥的点心最独到。外形像一只胖胖的海虾，颜色微粉，味道有一丝海虾的鲜。

经年不忘。

2011年11月24日

哎，年货七大件来啦

哎，年货七大件来啦！过年戏分儿最足！且，贵在一个盼字！

翁偶虹先生所著《北京话旧》中，有一篇《春节话旧》，开篇点题用“蔚为大观”四字来概括春节。并言明，春节的时间跨度是从腊月直至二月二龙抬头，两整月又两天。翁先生从一进腊月的腊八粥开始详述。详述每一天的重点项目，单过年的饺子馅儿就介绍了四种基础款：羊肉配大白菜，为“荤饺子”（《春节话旧》原文为“浑饺子”）；猪肉配韭菜、菠菜，名“大馅馄饨”；各种豆制品配大白菜，曰“素饺子”；夏天晾好的干菠菜配白肉汤，曰“汤饺子”。王敦煌先生所著《过年了》也着重介绍干菠菜饺子来着，说是在大年初一食用。

王敦煌先生的《过年了》看不到华丽的铺陈，但内里透了坚定的郑重和讲究。单讲何种干果可以装在果盒里，就有很多要求。比如，花生，能入果盒的，只有唯一一种产自南通的叫做银锭花生的带壳花生。而且，这种过年唯一可入盒的南通所产的银锭花生当时可着北京，只有东安市场的稻香春有售！过年的讲究由此可见一斑。

盼过年的感觉，好到无法描摹只能亲自体会。盼的过程中会有隐隐约约的紧张。而且，大家都不会闲着，都会“忙年”。“事必躬亲”是切近人生。过日子，总要亲自过。我所列举的年货七大件是指山东青岛一带普通人家忙年时自行制作的。

灌香肠。此项如同是忙年的旗帜，序幕，前奏！也是年货七大件中最普遍的，差不多是忙年最早开始的项目。年根儿的时候，大家见面会问：你家灌肠了？于是，很多人家的窗下就挂出了灌肠。灌肠的品种不少，最常见的是猪肉肠，其次是牛羊肉肠，比较罕见难得的是鱼肉肠、豆腐肠。当然，也可以做虾肉肠、鸡鸭肉肠。灌肠的大致步骤如下，先切肉，切成肉丁，头天晚上切，配料腌制。以十斤肉为例：酱油二两、白酒一两、青岛宏仁堂五香面十克、绵白糖二两、姜末二两、盐二两。第二天灌。老字号的五香面在腌制过程中很重要，发明“肠衣”的人真

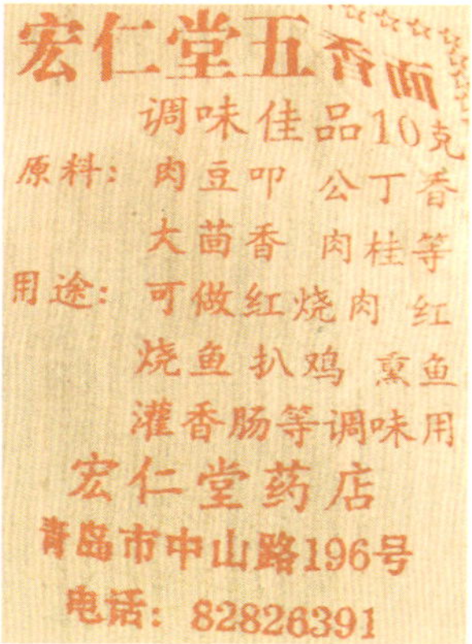

图片|宏仁堂五香面

是伟大而可爱。过年灌肠是值得尊敬的，增添忙年的热闹气氛，享受各家独有美味。灌好的香肠最闪耀的时刻是“彩排”。风干过一段时间的某天，家中有人提议：“试试香肠好没好？”从窗外取回一截，洗净蒸熟切薄片。大家都会谨慎庄重围拢在一起，各自夹起一片，细嚼慢咽，慢慢品味，鲜香度如何？咸淡是否合适？软硬程度怎样？如果还有新蒸出的热馒头一起贴切配合，那就幸福得令人惭愧了。等到大年三十晚上香肠和其他年夜菜摆到一起时，就不会受到彩排时的显著关注了。有时彩排比正式演出更有意义。

蒸馒头。过年的“馒头”属于礼馍的范畴 与往常不同，美

图片｜油卷

得庄重大气！蒸馒头特别能体现暖热的家庭气氛，那热腾腾的一大团气，所谓一团和气，打开锅盖的瞬间就是。蒸馒头这一大项中还包括豆包、黄米糕（大黄米和糯米为馅儿）、白米糕（白糯米馅儿）、枣饽饽、祺留（外形如窝头，把黄豆泡软，用小石磨磨碎，连汁带末和事先蒸好切碎的地瓜干充分地揉在一起，整理出窝头的形状，配料很费工夫，只有最隆重的过年才做）。白菜、粉丝、瘦肉丁的发面大包子也要蒸很多。黄河流域有两千多年的礼馍历史，乔迁、寿辰、新婚，重要节气、节日，都要用面蒸制寓意丰富、工艺讲究的手工捏制的礼馍。

枣山是过年祭拜用的礼馍之一，只做一个。枣山枣山，就是把馒头盘成花样，做出很多小卷，像一座山，山上长满红枣。蒸枣山，非直径一米以上的传统大铁锅不能胜任。为过年蒸的馒头还包括卡花这一大类，当中必选图案有：象征年年有余的各种造型的鱼啊，象征长寿的桃啊，象征财富的元宝啊等等。蒸馒头这大项除了过年期间祭拜和自家享用，更重要的是给来拜年的亲朋“压篓”，作为回礼。以上这些蒸制品种没有数量要求，多多益善。但，唯独油卷是按家中的人数来制作，这个油卷长什么样子呢？只能说造型端庄，个头足实，很山东的那种大，直径至少20厘米起步，不似日常食用的花卷那样活泼俏皮。

为体现过年蒸馒头这一大项的工作量，试以蒸糕为例。蒸糕不是南方的年糕，是北方包子的一种，划归北方春节面食，意为步步高。制作至少要两天时间，示例配料搭配：面粉三斤、糯米两斤、大黄米一斤。第一天要泡糯米和黄米，晚上和好面，第二天一早隔水蒸米，大火蒸一小时，蒸到一半的时候用筷子搅一搅，试一下软硬。出锅后根据自己的口味加绵白糖，再搅匀，晾凉。皮儿，和包发面大包子的大小差不多，直径八到十厘米，但要多揉两遍，再擀成中间厚四周薄的圆皮儿，馅儿很粘，包的时候要先蘸些水，手指头则要沾些面粉，最后整理造型，放到暖和的地方“醒”一会儿，大约十分钟。放在生着火的热炕上，垫着棉被“醒”最佳。上锅蒸十五分钟，成

画作|王玮洁|自由艺术家

功！当然，以上这些是我从没亲自动过手的站着说话不腰疼的表述，蒸馒头的讲究多极了，能蒸出一锅珠圆玉润的馒头可决非一日之功！

炸麻花工程浩大，和面时一定要多放鸡蛋，或者就全部用鸡蛋和面。每年炸麻花时会觉得家里到处是麻花，面板上摆着待炸的，锅里是正在炸的，很多盘子里是刚炸好正在晾凉的，大面盆里是合格成品。装盘时要摞成宝塔形，我总感觉，麻花像看盘，来拜年的亲朋通常只看不吃。

酱牛羊肉，做肉皮冻，熏巴鱼，熬凉粉。年货七大件齐活！忙年是暖烘烘的、红彤彤的、甜丝丝的，过年之前的忙年比过年的那一瞬间更要楚楚动人得多，也有更多回味。认真地忙年，是对人生的尊重和情义。小时候过年，最高兴的是大年初一一大早和几个好朋友到邻居家拜年，都是小孩子，坐下来喝茶吃干果糕点就算了，我们就是冲着各邻居家糖盒子去的。有的邻居给糖是论块儿给，有的是糖盒子递过来让我们随意抓。我们通常是邻居家每家拜一遍之后就集中到一个僻静的地方，大家把拜年拜来的糖都从兜里掏出来，先数一下，看谁的最多，再把糖按级别分类。上世纪八十年代初，在普通人家孩子心中分量最重，最好的糖就是上海的大白兔、话梅糖、北京的大虾酥、酒心巧克力等。然后散会，都快速回自己家，把糖用布手绢包好，放到属于自己的抽屉里，再匆匆回到院子里集合，讨论一下，今年谁家的糖最好，集体通过后，就浩浩荡荡再去那家被评为最好的邻居家再拜一次年，声音比第一次更响亮，更热切，其实还是每人实实在在地在人家糖盒子里抓一把糖就走。那位邻居家的糖盒子里主要是大白兔。翁先生《春节话旧》结尾是这样写的：在今天社会主义的幸福生活中，我们绝不应当怀念那为期两月的浪费光阴的春节

范畴。

画作—王克举—中国人民大学教授

高粱饴

相当长时间以来，青岛产的高粱饴和青岛啤酒一起作为紧俏的名牌特产在全国各地办事用，而且，据传说，最紧俏的时候，还是论块儿送的，十块儿高粱饴再加两听儿青岛啤酒就能办成一件事。例如，青岛某厂业务员到外地某厂订购紧缺原材料。

小时侯吃高粱饴不是一口吞下，或整块儿大嚼，正宗的吃法是用手拽呀拽，拽成一根皮筋儿的样子再慢慢吃，糖纸上的“白面面”也不浪费，舔干净，最后把糖纸抹平夹到小学生汉语字典里。

高粱饴虽然过了最辉煌的时代，但是它在很多人的心里“永垂不朽”。

青岛各大超市有售，详询 114。

画作｜王克举｜中国人民大学教授

夹在野菜包子和存折之间

妈妈让我学习一下怎样存钱，给了整整十五块。我当时的年纪还远没有十五岁呢！那天上学的路上，感觉书包里的十五块钱都把肩膀压偏了。

离学校最近的一家银行，在一栋单元楼的一层，长大以后才明白那只是一家小储蓄所。

往里走的感觉，很像进学校教导处和班主任办公室，没做错什么也莫名的后背出汗。记得那里面是挺高的深色木柜台，柜台之上没有任何栏杆，不像现在的银行，柜台上面密密麻麻的不锈钢栅栏，蚊子都飞不进，还有什么防弹或者钢化玻璃，唯一和里面的服务员沟通的地方是个在柜台面上挖的坑坑，连这个坑都用人造大理石或者不锈钢全贴遍，总之，从颜色到手感都是坚硬冰冷的。

我把拿着钱的手伸给她时战战兢兢声音发飘：“我存钱。”她没有看我的意思，更没有同我讲话，只是起劲地和她的同事说，她的邻居昨晚烧的黄花鱼，闻起来很香，她自己昨晚吃的是一种野菜馅包子，烫面的，家里还有，问她的同事想不想尝尝，如果想，她明天就用饭盒带几个来，还说，包子不会像其他的菜，有油有汤，洗饭盒方便些。

我就这样站着听，不知道应该怎么办，渐渐地我开始担心下午上课的时间到了，我又很担心下次取钱时我和她说什么，也许像我们交的作业本那样，去老师那里报上自己的名字就会从一摞本子里取出来给我。我放心地回学校了。

放学回家问过妈妈才知道存完钱要拿回一种叫存折的东西。第二天我去找她，她说："我当时一直在到处找你呀……"

带饭的岁月

班上总有同学离家远，于是清晨上学的路上，一些学生书包之外再拎一个饭盒，大都用网兜或者塑料袋盛着，网兜或塑料袋用久了，会有一股挺浓的饭菜综合气味，说不上好闻但很有人生感。

上午第二节课的课间，带饭的同学都把饭盒放到讲台上，班里的生活委员和一个当天的值日生会把饭盒按从大到小从方到圆排成两纵列，放进一个结实的大网兜里，系紧。两人抬到学校伙房，接下来是课间操时间。中午再去那很大的不锈钢蒸柜跟前辨认自己班的大网兜，这时的网兜沉了不少，回到教室累了也饿了，多少不如送饭时耐烦，大多是使劲提起借力甩在讲台上。

一抢而空。

大家的饭盒大多数是长方形的，铝制。有的旧的像传家宝，周身坑坑洼洼，里出外进，皱褶处积着很有年头的灰泥。饭盒盖上都有商标："玉鸟"牌，圆圈里画一只不知顾盼的胖胖鸟。"三角"牌，四个等边三角形堆在一起。"月季"牌，每朵花瓣里都藏了油泥，显得月季花特有立体感。也有的饭盒是单位发的，饭盒盖上大都有个"奖"字，或者是一行排成半圆形的"先进工作者"字样。也有极少数饭盒是不锈钢的，最新款的还带个可折叠的把儿，这样端着把儿就不烫手了。吃过饭去水房洗过饭盒，再站在水房门口，端着带把儿的饭盒喝几口热开水，一边喝一边晃着饭盒，还用嘴吹吹气儿。那样子，挺是个事儿的呢！

运动会排字

大多数同学开运动会是不运动的，但我们都愿意开，一是那天可以不上课，二是能带好吃的。总之，是和每年的春游秋游一样的大好事。

离运动会还有一段时间，学校里就要“排字”，红绿黄白几种颜色的四开大小的纸，粘成一个大本子，每种颜色都编上号，每套字的号每人都会不同。排练的时候老师站在队伍前面举着小旗吹口哨，示意我们是第几套字，我们就双手迅速打开排字本上相应的颜色，会出现黑体字的“加油”“团结”之类的字，从远处看是很整齐的。

运动会当天我们在看台上挺直腰板，把排字本打开合上，

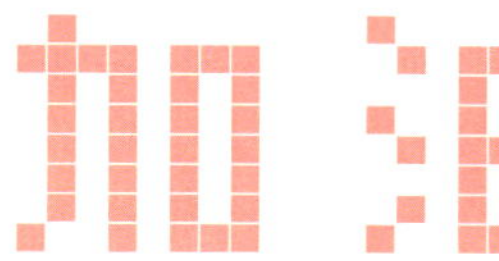

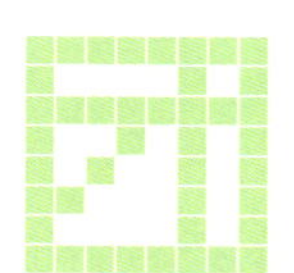

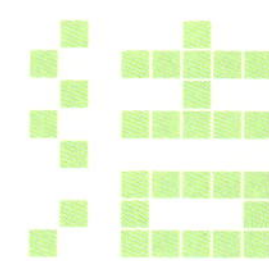

合上打开，胳膊酸了的时候就可以吃午饭了，这才是我们真心喜欢的项目呢！把好吃的从书包里拽出来，伸展伸展，比比谁的面包大，谁的火腿肠长，谁的苹果甜，有的还带了一包烤鱼片或海带丝什么的，极少数的同学还带了鱼罐头和午餐肉，那可够馋人的，那种罐头味飘过来，半天散不掉。大家挤挤挨挨地坐在一起，眼前是宽阔的运动场，跑道，沙坑，吃起东西来都会不由得加快速度，最好把找父母要的吃食都吃光，否则下次就会减量的，那多吃亏呀。

接下来的项目是得到老师的同意，轮流上厕所，这下就自由了，可以美美地绕着运动场外围墙转一圈——想想怎样花掉兜里的零花钱。运动会父母给的零花钱通常够买一盅甜麦粒或一根花生冰棍。运动场的围墙很高，中午能投下很大块的阴影，在这个影里边走边吃，很享受。

青岛体育馆始建于 1933 年，在 1959 年北京首都体育馆建成前，一直是全国最大的体育馆。

蜜你三刀

蜜三刀，多有意味的名字！一种点心的名字，一寸长半寸宽一指厚，每块背上确实背着两三根道道，它不是简单的蜂蜜的蜜，是一种千锤百炼的蜜油，蜜酥，蜜糯，色泽也是那种经过积淀而成蜜的精华的感觉，把一块蜜三刀轻轻拉开，会有像拔丝山药一样的丝丝，绵长绵长的！甜蜜的绵软，蜜三刀的做派和热恋的感觉完全一样，把你活活甜晕过去！青岛中山路上几家大的食品店都有，妈妈带我去买回蜜三刀都会放到面柜里。

服用方法与剂量：一次一块，一到两天一次。

块儿数有限，不敢偷吃。

画作｜王晓欧｜执教于中央民族大学

“怒目圆睁”的理发馆

这理发馆是自己搭建在路边的小屋，单扇淡绿色小木门，对扇小木窗，从没有窗帘的窗子望进去，里面有一个一身白布工作服，时时怒目圆睁的年轻男理发员，四把红人造革折叠椅，有一把总是折叠着站在墙边，有时有一两个来理发的。我们最感兴趣的是窗下那口镶在土里的大水缸，这种水缸挺常见，很多人家的厨房里都有，大概是陶土的吧，栗子皮色。“怒目圆睁”把这口水缸镶在他比着缸口大小挖成的土坑里，缸口和地面齐平，里面每天多多少少都有些冒着白沫洗过头发的浊水，每天放学路过我们都会顺便看几眼这口水缸，可是不敢久留，不然那个“怒目圆睁”会从小木门里挤出来大声驱赶我们，他总是担心我们会打破那口水缸。

后来，小屋没了，那片地盖了楼。有一天，在那片楼一层的一间拉面馆里，我又看到了那个“怒目圆睁”，还是一身白工作服，正在使劲地抻面，突然发现他的手指很好看。

起锅的瞬间派头

“派头”这种瞬间状态是很难描摹的。

有极少数的人，无论驻足还是回首，都是派头。这是稀有的先天性的派头。不过，派头也是可以后天成就的，比如，大多数人的派头是在工作状态中显现，尤其是手工操作类的工作，那种派头真是壮观得迷人，看来派头和熟练、自信、自我沉浸是有关的。

记得一位小学同学家附近有一个小炉包铺，只一个外卖窗口，不设散座。每天中午窗口都热热闹闹的腾着热气，飘着炉包的特有香气，是一位做事极利落的母亲带着两个女儿一起做。包包子，锅内刷油，码放包子，盖盖子，等待，起锅！她起锅的姿势派头真大，确有气吞山河之势！用文字描绘不出，是非常艺术化的，我猜起锅的刹那，从她的脚后跟到手指尖是要一并腾起颤动的，那瞬间，把她自己和她身边的人都带入了艺术的升腾状态。行为是可以艺术的！行为是可以艺术化的！

我总是盼着一锅一锅的炉包出锅，看她瞬间起锅的那种大派头。有时候我只呆呆地看整个中午，不买，把钱省下来，去马路对面的一间小黑屋买糖吃。

青岛的炉包即生煎包。

画作｜李矣矣｜艺术家

甜的小黑屋

老大爷的手指甲缝比手指黑，手指比脸黑，脸比那间小屋子黑，屋子比柜台黑，可柜台上一长排玻璃罐里的糖全是晶亮的。

我不可能每天都能有一分钱，有两分钱的时候更少。我也不能把一分钱攒成两分钱或更多，想着那些罐子里的糖，我实在等不了。世界上最好吃的糖就是糖瓜！我最常买的是切成“饺子剂儿”形的糖瓜，一分钱一块。有时我也买一块虾酥糖，极少数情况下我才会买一次两分钱一块的牛筋糖，上面粘满了砂糖粒。

老大爷的整体形象像阿拉伯数字“7”，伸手到糖罐里拿糖和收钱要费力地抬着头，脸上很难再有笑容了。买糖瓜的时候，我最希望糖瓜们粘在一起，这样我会有可能一分钱得到两块，但通常老大爷会很努力地掰那粘在一起的两块糖瓜，直到糖瓜上留下挺深的指印，已经发软为止。也就算了。

我赶紧接过来，上学去。

走，上劈柴院喝馄饨去

这是一句多地道温暖的青岛话啊！“走”，“上”，“喝”，“去”感觉全是动感很强的动词！立刻出发马上行动！一定要地道的青岛发音，地道的青岛式遣词造句，这句话中“上”字是精髓，“喝”和“去”是发音的关键，喝当然要说“哈”，去一定要读“器”。

小时候，觉得上劈柴院是大人才可以的，很是一件“事”。能上劈柴院是很了不起的。劈柴院1902年初建，很有历史人文背景，大概相当于北京的天桥。

记得刚读初中一年级，有一天放学在公共汽车站等车，偶遇学校一位有名的“好看”，平时在校园里见到，她总是被簇拥，难得她今天有一个人的清静，我有机会仔仔细细地看她，还很紧张

画作｜萧剑｜自由艺术家

地试着和她说了一句话，我说了什么记不清了，但她大方甜脆的回答却铭刻我心：“上劈柴院喝馄饨去。”因了这句话，我对她又有了额外的崇敬，她不但“好看”而且有主见，有自己的生活，真是了不起！

她的“好看”是娇小玲珑，水灵，身量儿五官都秀气精致，多一点都不长，绝不浪费。

多年以后，但凡陪同外地的同学朋友，劈柴院是必去的，在那里能找到某种叫感觉的感觉。

2011年10月20日

先比是

“先比是”为山东胶州一带方言。就是比如，举个例子，比方说的意思。

爸爸总是说：“不要浪费，先比是，酸奶喝过后，用水把瓶壁上的酸奶晃一晃，再喝掉，就不浪费了，任何浪费都是不对的。”

左|爸爸 一九六五年 右|画作|韩增智|绘画爱好者

先人后己

小时候，过年前几天，每天晚上妈妈都挑灯夜战，要给很多亲朋赶制过年新衣服。我的总是在最后。我总是万分焦急，万分关切。总是担心，到大年初一早上出门拜年的时候，我的新衣服没做好怎么办，于是我总是火上浇油在一旁絮絮叨叨地催：“先给我做，先做我的吧。”

妈妈总是头也不抬地给我四个字：先人后己。

雅琳姐姐

雅琳姐姐一帆风顺！一切顺意！一次美好的爱情成就一次美好的婚姻，一份工作直到顺利退休。先天性的厚道好脾气！

雅琳姐姐恋爱的时候我全程参与，每次约会雅琳姐姐都抱我去，约会的时候带个亲戚家或邻家的小孩是那时的时尚。从留存至今的照片看，我们一起海边散步，水族馆看鱼，山头登高望远……

雅琳姐姐结婚那天起得很早，穿了漂亮的真丝红棉袄，拉着我的手，不说话。姑姑在厨房包饺子，小的很特别。雅琳姐姐挽起袖子要到厨房帮忙，姑姑很严肃地制止了。来接新娘子的人进门的同时，饺子上桌，雅琳姐姐低头小口吃着很小的饺子，然后就被接走了。

左—雅琳姐姐和燕燕姐姐 一九七九年 右—丽丽姐姐和祺祺 一九七九年

姑姑后来把雅琳姐姐那碗饺子给了我，呀，原来是红糖馅的！

再后来，新郎官小郝哥哥把我带到了婚宴现场，每道菜上都盖着一个红萝卜刻的大囍字，任何时候想起，都是一种别样的暖红。

2009年2月12日

大西洋岸边晒太阳的中国粉丝

姥姥是山东省青岛市崂山区中韩镇南张村人氏，名王桂云。

上世纪三四十年代姥姥家开过粉坊，共有十多人，除了负责人“把头”是专门外请的，其余都是本村的。粉坊，即生产粉丝的作坊。

山东产的粉丝行销全球多年，我曾偶然在一个没有公交车，没有出租车，没有地铁，只有私人飞机场，没有被任何旅游公司开发作为中国游客旅行目的地的美国佛罗里达州一个叫博卡拉顿（Boca Raton）的小镇上居民日常采购的大超市里看到，很成规模地摆在常规货架上。

利用淀粉加工粉丝，在我国至少有1400年的历史，北魏

《齐民要术》中载：粉英（淀粉）的制作步骤分为“浸米”“淘其醋氮”“熟研”“袋滤”“杖搅”“停置”“清澄”。我根据数次电话中向姥姥请教和查阅相关资料，得知大约十二个步骤。（以绿豆粉条为例）

1. 泡豆，把绿豆泡软。

2. 推粉，上石磨推，把泡软的绿豆磨成粉，姥姥家当时养着推磨的大骡子。

3. 做粉团，最玄妙而无法言传笔述的步骤！这一步要出浆，这浆的好坏决定粉丝的根本品质。

4. 上吊兜脱水。

5. 打团，把晒干的粉团磨成面粉状，以备打糊搅面。

6. 打糊，是把磨好的粉子用水煮熟，成为糊。

7. 搅面环节是通过姥姥讲述和查阅文字资料过程中感觉到最有舞蹈韵味和音律美感的制作环节，原生态舞蹈抢救研究发掘的专家学者们可适当关注（记得北京舞蹈学院有类似研究机构）。把打好的糊放在一陶制的大圆盆里，四五个人围着盆转圈，用拳头不停捶捣，可能要喊着号子吧？脚步的节奏，拳头的力度都要统一，如此这般轮流用拳头搅打盆里的粉团，直到盆里的粉团均匀透亮。

8. 漏粉，把捶打好的粉团放在漏勺上，借手的力量让粉团从漏勺的眼眼里降落到盛满微开水的大深锅里，落到锅里就是粉条啦！

9. 流水，就是把刚刚降落到热锅里的粉条捞出来，浸到冷水盆里。

10. 搓粉，像搓洗筷子和衣服那样，把粉条们一根根搓开。

11. 风和日丽天晒粉，和晒稻谷差不多，摊开，太阳浴。

12. 捆扎，姥姥家当时的粉坊是一百斤一捆，运到城里。

我佩服姥姥不是因为她曾经为我国粉丝事业的传承发展尽过绵薄之力，而是在于姥姥是我眼中的全能冠军，比如她对食物的掌控，对布料的定夺。

烙：葱花饼、芝麻酱饼、油酥饼、鸡蛋饼、肉饼、菜饼。手擀：各种软硬宽细不同的面条，面片。蒸：各种花卷，各种馒头。小时候，姥姥蒸馒头，都会给我做几个小动物，比如小兔子和小刺猬，小刺猬身上的刺用剪刀剪出来，蒸熟了，刺猬的刺还是尖的，我想这与发面、和面的水平息息相关。窝头、枣山（做出形状再插红枣）、白米糕（用事先蒸熟的糯米做馅）、黄米糕（大黄米和糯米、绵白糖一起蒸熟）、豆包、红糖包、白糖包、祺留、白菜、粉丝、肉丁馅儿发面大包子。烘：二月二龙抬头吃的棋子块，小巧可爱的卡花。

贴饼子，晒地瓜干（生地瓜切片晒，易保存），晒地瓜枣（地瓜蒸熟后再切片晒，甜软，但不易保存，容易长毛）。

用粗盐炒五香花生米。做菜蛋（即菜团子，用玉米面和菜叶）。用一口直径大约二十公分的小石磨磨豆浆，磨出的豆渣用来和某些切碎的绿叶菜炖在一起，成为一种叫“小豆腐”的营养菜。

从头到脚的穿戴：虎头帽、普通棉帽、单衣、单背心、夹衣、棉背心、传统大襟棉袄、新式制服上袖棉袄、棉大衣、长衫、大褂、单鞋、棉鞋、偏带鞋，最神奇的是做一种刚出生的小小孩穿的连鞋连帽的连身棉衣。这种连体衣温情极了！鞋袜和裤子之间因断开而产生的寒冷避免了，帽子和上衣领之间的寒风挡住了，手脚腿呢，任由活动。

姥姥说，这算什么，我们那时候的人都会这些。

姥姥和刚满百天的大舅 一九五三年

舅妈

小时候一段日子，妈妈没和我在一个城市。那段日子我在各个亲戚家转着长大。

在舅妈家的时候，舅舅永远在不停地干活，修东西，收拾东西，找东西，劈木头，一会叮叮当，一会啪啪扑。舅妈带着我玩儿，把我抱在腿上，背在肩上，揽在怀里。

舅妈最神奇的是能买到世界上最甜、最好看、最大的——葡萄。每次都一颗一颗洗好装在一个工厂里发的，白底上印着某某厂先进工作者，中间的“奖”字最大的那种搪瓷杯里。全是我一个人吃。

舅妈车间里有个阿姨，像鹿一样温情的大眼睛，见到我就笑，特喜欢抱我，舅妈说，这个阿姨和你的妈妈长得很像。我对于妈妈初次的印象就是从这位阿姨开始的。我好几次仔细端详，还是很满意的。眼前有个很像妈妈的阿姨，很是缓解了当时我对想象中真妈妈的思念。

舅妈和小姨 一九七九年

耐心烦儿的阿姨

沈从文很喜欢“耐烦”这个词，看到这个词我会想起一位对我极为耐心烦儿的阿姨。

记得是夏夜，她用一个甜甜的大西瓜给我挤西瓜汁。耐心烦儿阿姨先把一个大西瓜一切两半儿，然后用勺子掏出中间的瓜瓤儿，把这些瓜瓤放在一块白白的纱布上，包好，用勺子按压，这样反反复复很多次，西瓜汁终于没过了海碗底儿。耐心烦儿阿姨把这些西瓜汁仔细地倒进我随身背着的小水壶里。

耐心烦儿阿姨家有两个姐姐，一个哥哥，那个哥哥教我一个词“岂有此理”，他说，你生气的时候就说“岂有此理”！

后来，耐心烦儿阿姨笑眯着眼儿，抱起我，送我回家。

画作｜张文娟｜执教于中央美术学院

耐心烦儿为青岛方言，即有耐心的意思。

2005年7月29日

拥有健壮热情的张定中老师

张老师是有相当功力的，他的线条，真是好的。

在我的印象中，他有特别健壮的热情，他的热情是要用“健壮”来形容的。比如，他毫不掩饰的那种冲天的对菊花、对菊花白描写生的激情和冲动。他的菊花给我一种向你大步迎面走来，并要同你用力握手的感觉！想起这一点我总会有种莫名的对他明晰的伤感。

不知道是不是这样一种感觉，面对一个对某种事情全然投入的人，总会让我不由分说的尊重。但世间是不公平的，如果因了绘画成名的，就可以称作画家了，如果成名之后还是对绘画充满激情，那更是了得。如果没有各种机遇被称作为画家，那种天

画作｜张文娟｜执教于中央美术学院

真可爱的炙热激情就很可能被说成“傻”，被人轻而易举地欺负了。张老师就受这种欺负，人家说他背着个破画夹子，蹲在公园里的菊花旁边，年年岁岁不停地画，真傻。

张老师是有抱负的，他每张作品的签名都是“中国 定中”！他虽不得志，但从不抱怨、消沉，也不效法阮籍猖狂。他讲课从来热情百倍，而且有一点和我所有接触过的美术老师都不同，他总是要求我们背一些名人名言，给我印象最深的是“工欲善其事，必先利其器”，这句话他是结合笔墨纸砚的基本用法讲给我们的。

学期终了，张老师送我们每人一块绢，能看出这些绢是他多年积攒的，颜色上有的白些，有的黄些，手感有的软些，有的硬些，而且没有一般大小的。他让班上同学轮流到讲台上去拿，对每个人都由衷地说一些热切勉励的话。

如果教书育人都像张老师这般，人类将会怎样？

女同学 芳

搪瓷带把儿的圆饭盒摆在肚子上，芳芳躺在宿舍靠门边的下铺吃第三食堂的红烧排骨。我们都愿意欣赏这个时有发生的事件，看她吃得那样美好！每次接近尾声，芳芳总会一边出声地吮着手指头，一边噘着嘴说：“我决定，这是我最后一次躺在床上吃排骨了！”

芳芳常约我去学校南门外一家小新疆馆吃大盘鸡，我们俩要大份的，每次总彼此谦让可总不够吃。

我和芳芳在长安大戏院看黄梅戏《徽州女人》。我们是从长安大戏院一路沿长安街走回住处的，路上她买了两次很甜的饮料。芳芳的身材是梨形的，肚子上的梯田一层层的，令我痛心疾首。

后来的后来芳芳告诉我，她素食了！还请我去她那里吃饭。电话里郑重嘱咐我，去了她那儿，“肉”这个字都不许说，否则我准肚子疼。吓得我！我从和平里下了地铁，附近有个稻香村营业部，我买了两种豆制品，提着去她那儿。

她是真的。晚饭我们只吃了一份素蚝油拌青椒丝，又素又凉！

芳芳养了只白猫，丢了半月零三天，一顿痛找。偶然在一个饭后暮色苍茫时分，芳芳看到它和邻居家的另一个它在并肩散步。芳芳说：“算了，我不领它回来了，让它追求它的猫生去吧！”

画作 | 彭简兮 | 北京大学附属小学 学生

女同学 静

我们友谊的确立有两件标志性的历史事件。

一是她告诉了我她父亲的名字。但不许我说出去。

许多年过去了，我一直说话算数，从来没对任何人说起她父亲的名字，包括说梦话的时候。

二是我们俩偷吃她伯伯家的海米。把鲜海虾晒去水分成干儿，去壳，就是海米，可以存放很久。做汤的时候可以整只整只地搁进去，海米重，都沉在碗底，喝海米汤讲究的是“贴边深捞”。另外，包包子、饺子、烙合饼都可以把海米剁碎放在里面，当然，还有很常见的海米冬瓜、海米油菜、海米拌白菜丝，等等，很鲜。海米按成色和个头分，成色越好个头越大的越贵，大都几十块到几百一斤，所以通常家里备得不多。平时孩子饿了，抓几个海米给一个馒头，就着吃很香的。海米在饭菜中虽然是配角辅料，但很受重视。

张静的伯伯家和她的奶奶家在一间大平房里，只是从中隔了一面墙，那墙上开了一个门洞，门洞正对着奶奶的老座钟和两个绿色琉璃小狮子，狮子底下的抽屉里永远有很甜的苹果脯。每天奶奶都午睡，伯伯婶婶都上班，他们的一对儿女比我们大，上学早。张静以内线的身份带我跨过那个连布帘都没挂一条的小门就到了伯伯家里，屋里暗暗的，东西很多，她从一堆箱子后面摸出一个玻璃瓶子，里面一满瓶的海米，大的。拧开铁盖子拿出两

画作 | 余冰宾 | 清华大学生命学院副教授

颗，再放回原处。然后整个下午我们都会动不动相视大笑！第二天、第三天、第四天中午我们见面的时候，张静对我说："她的哥哥姐姐昨天挨打了，海米少了一层。"

以后我只在平房外面喊张静的名字去上学了。

女同学 倩

倩是我小时候见过的身材最薄、个头最高、皮肤最白的女孩。历次中午放学全班集体被罚站在操场，都是以倩的晕倒而结束。还有每年春天大家书包里背着尽可能多的好吃的去扫墓，默哀的时候倩也是每次都晕倒。

倩是一个说大人话做大人事的小大人。

那时候夏天我总穿平底的儿童皮凉鞋，可是我羡慕大人穿的塑料凉鞋，塑料凉鞋里最好的是水晶的，水晶里面最好的是带坡跟的那种。有一天我去倩家里找她，她新穿了一双钻蓝透亮的有很高坡跟儿的水晶凉鞋，耀眼极了。她稳稳地用一只脚站着，面色平静地让我参观她的鞋跟儿。

画作｜余冰宾｜清华大学生命学院副教授

她家住一栋老洋房的其中一间，厚厚的木地板油漆补补丁丁的，青岛这种房子很多。她的父亲是中学语文教师，和她一样的薄、高、白。一天，倩让我和她一起帮她父亲批卷子，我那是第一次握起老师才用的红色圆珠笔，画的对号颤的像心电图。她却麻利地和他父亲不相上下，我批的题目是——鲁迅的本名是什么。

倩包书皮儿的纸一直是全班最漂亮的，她包书皮儿的手艺也是最好的。

倩是我见到的人中最先涂指甲油的，通红通红的又匀又亮，就像天生长成那样的。而我经常要去海边挖沙子、堆沙碉堡、捡破烂贝壳、捉鱼虾蟹，这些小孩光景倩是不玩的，她总是像大人似的在桌边摆弄些什么。

我们俩没计较过。

女同学 蕾

宁蕾有一个小塌鼻。就是鼻梁没怎么长出来，鼻尖儿先翘在那里。

我们俩的固定节目是每个星期六的下午轮流到对方家里吃好饭，多是妈妈做好了喂给我们吃，每次都有刀鱼。宁蕾的爸爸是个很利落的司机，他的单位和海有关，鱼多的是。宁蕾家的路名我很喜欢——北京路。家是一栋老洋房的一间，也有涂了很厚红油漆的木地板。宁蕾家吃饭每人都外加一碗白开水，碗和水都白得让我至今难忘。

刀鱼很多地方叫带鱼，辞海里也这样说，但我总觉得叫刀鱼更精彩，带些武侠气。新鲜的刀鱼活生生的就是武林高手手中一把闪着寒光的宝刀。

画作｜余冰宾｜清华大学生命学院副教授

女同学 辉

辉是和我要好过的同学中唯一比我瘦小的，可她领着我玩儿。小学快毕业的时候，她领着我去了青岛最大的一家老字号照相馆拍我们的纪念照。她可镇定了，还知道把头发弄整齐，拿出亲切的笑容，更知道手脚怎样摆放。我只是张红着脸，忸怩地跟着她。

辉是转到我们班的，认识了辉我才知道在挺远的海边有一座山叫普陀山，他的父母都住在山上——当兵。

我爱去辉的姥姥家找她玩儿，因为只要她的舅舅在，我们就能吃到一种叫“娃娃头”的奶油大雪糕。这种雪糕的形状就是一张娃娃脸，眼睛和嘴用三个粉红圆点表示，其他地方都是奶白奶白的，好吃得一塌糊涂！每次辉的舅舅给我们买过“娃娃头”，他还总会面无表情的似是而非地看我们跳一会儿绳。

画作｜余冰宾｜清华大学生命学院副教授

女同学 筠

筠喜欢“小鱼儿”，那么那么喜欢，是他一出现就喜欢上的那种。“小鱼儿”就是现在大名鼎鼎的梁朝伟啊！

在这方面我实在太差了。第一次我是在宁蕾的再三批评下，下决心准备喜欢一下演黄蓉的翁美玲。刚刚攒够了两毛钱，买了一张翁美玲扮演黄蓉的黑白照片，宁蕾就告诉我翁美玲自杀了。很久以后，为了显得深沉些，我暗下决心要喜欢一下陈百强，虽然他的歌我一句也听不懂，可随后我就听说他病危了。后来的后来，有人问我流行歌手里喜欢谁？我说：“张雨生去世一年多以后才喜欢听他的歌。”

筠苦读琼瑶。但我更喜欢筠自己写的故事，筠说她要当作家，我觉得她已经是了。当时班主任数次在班会上神情严肃地告诫：禁止读言情和武侠！可我周围的同学们都各显神通地在白色恐怖下和老师、家长奋力周旋，其中过招太多，我竟然没参与到这个历史事件中，筠却是其中的勇士，而且是毫发无伤。

有时中午在筠家，上学之前洗过手，都用一种凤凰牌，黄色的，好像叫什么蜜吧，来抹手。味道很浓，印象强烈。这个瓶子总放在组合家具上，我见过的组合家具长相都差不多。

筠的脑门儿正中有一个我见过的最好看最浓密的美人角。

画作｜彭简兮｜北京大学附属小学学生

女同学 玲

没课的时候，宿舍舍友有躺在床上吃零食保养身体的，读小说拓宽知识面的，一边睡一边戴着耳机练习英语听力的，把衣服堆满床搭配色彩的。而玲，永远在——织毛衣。晚上熄灯后的“卧谈会”如果说到将来，只有玲的想法永远不变，结婚，生孩子，弄家。如果是谈十九岁的生日会不会伤心这种话题，玲根本不参加讨论。

玲总能让我想到姥姥那辈人，我的姥姥就是优秀全能，从小孩的虎头帽、连袜开裆裤、偏衫，到大人的里外单夹棉，包括做袜子、做鞋、绣花、缝被，等等，全会。妈妈那辈人常比的是织毛衣，探讨不同的毛衣图案，相互学习各种复杂的针法，研究领口样式、毛衣款式，什么套头的，开门的，高领的，翻领的，连袖的，上袖的，蝴蝶袖的，贴兜的，挖兜的……钩东西，杯垫，罩在各种家具上的罩子，等等。到我们这辈，大都也学过织毛衣的基本针法，平针、上下针之类，大学宿舍里倒也能见到开了个头的围巾，但那是一时高兴罢了，后来也就算了，通常到毕业的时候那个只开了个头的围巾还那样，无非招了些灰。

玲可不做这种没面子的事，织毛衣是正事，而且是大人派头，就像小时候在公共汽车上那种阿姨：把毛线用一个兜装好，系在前一个座位的后背把手上，低头飞速猛织，不论是急刹车还是发现了小偷，阿姨永远处变不惊，旁若无人。

画作｜韩增智｜绘画爱好者

玲织毛衣就这样，世界就在毛线里。

玲的口头禅是“明哲保身”，你一万次问她意见，她总是看着毛线说：“明哲保身。”

老师的警棍

辛老师是我们的体育老师，一年级的时候教我们体操。五年级的时候，我们班一部分同学被选上代表全区参加全市的体育技能达标考核，项目好像有跑步、跳远和仰卧起坐，等等，我很有集体荣誉感，卖尽了力气，回学校的公共汽车上，辛老师表扬了我。

一次全校星期一的晨会上，校长说辛老师得了全国讲故事比赛第一名，辛老师从体育组办公室走出来笑了笑。

六年级要升学考试了，我们早忘了体育课的滋味，每天放学都要加课。有一天，数学老师正在训我们的时候，突然打了一个响雷，天一下子黑了，雨马上就下来了，这时候辛老师进来了："还不放孩子们走啊，天都哭了。""不行啊，题还没讲完呐，他们一点紧迫感都没有。""那我送你一根警察用的棍子，好好看着他们吧。"辛老师把一把雨伞放在讲台上，走了。

画作｜赵沅沣｜设计师

李老师初遇“桎梏”

政治课换教材了，教课的李老师也是新调来的。第一次给我们上课那天遇到一个词“桎梏”，李老师读到这里不认识，我们也不会，我看到她的鼻头渐渐沁出了很密的小汗珠，她着急地问：“有没有同学带了《新华字典》？”

再后来，孙老师告诉我她保持身材的秘方，要小心“汤糖躺烫”；还把她先生出差时给她买的漂亮衣服拿出来给我看过。

孙秀华老师十八岁高中毕业照 一九六四年

附录—— 彭斯抄录《绝世楼盘看过来》

彭斯抄录所用纸张为中央美术学院版画系老前辈所留，不多不少，刚好八张！

为韩祺先生的大作
《故宫的柿子》添一足。

戴士和
2013年

韦进讲认领《地铁里修的故宫东西》
文字提供了题跋，有些意思。

我自愿认领美才女韩祺
大作 好好向上 天天学习
之人一走茶就凉是谁
发明的 一文之配图。

刘进宣
2013.7.15.

跋

曹雯教授严格遵守所有利于生活美好的行为规范，自我约束的自觉已成为她的一种迷人气质。请她题跋，似乎得到了“好人好事”资格认证。

满街望去，到处是行色匆匆的人，好像个个在说我要和时间赛跑，却早已忘记工作本是为了生活。读着韩祺的小文，你能感受到一种被放缓的生活节奏。停下你奔跑的脚步，舒缓心情，享受或体味一下生活本身带给你的恬淡情趣吧。

曹 雯

2013年6月27日

后记

答谢名单屡有增加，伊擘不厌其烦。

後記

向提携賜教於我的師友親朋

表以最真摯的謝意

按年齡排序

流沙河 戴士和 陳衛和 韓增智 張成德 李向明

吳志攀 李延洲 王金忠 王克舉 閆平

林莽 白春莉 余冰冥 忻東旺 張宏芳 王天昊 王飞跃

彭鋒 徐晨陽 曹雯 左筱榛 劉長宜 周珊 高丹

田中鋒 劉尚延 林笑初 王斐 張燕熙 彭斯 劉婧

張文娟 李關關 蕭劍 陳伊擘 王瑋洁 王曉歐 陽爍

羅紹文 晉一 趙胥 劉涵 趙沅沣 彭僴兮

图书在版编目（CIP）数据

好好向上　天天学习 / 韩祺著. -- 沈阳 ：辽宁人民出版社, 2014.5
ISBN 978-7-205-07719-8

Ⅰ. ①好… Ⅱ. ①韩… Ⅲ. ①随笔－作品集－中国－当代 Ⅳ. ①I267.1

中国版本图书馆 CIP 数据核字(2013)第 202434 号

出版发行：辽宁人民出版社
　　　　　地址：沈阳市和平区十一纬路 25 号　邮编：110003
　　　　　http://www.lnpph.com.cn
印　　刷：北京雅昌彩色印刷有限公司
幅面尺寸：142mm×200mm
印　　张：9
字　　数：150 千字
出版时间：2014 年 5 月第 1 版
印刷时间：2014 年 5 月第 1 次印刷
责任编辑：高　丹
书籍设计：赵沅沣
责任校对：李　霞
书　　号：ISBN 978-7-205-07719-8

定　　价：99.00 元